Im Zeichen der Zauberkugel

Aufbruch in neue Abenteuer

Band 1

Im Zeichen der Zauberkugel –
Das Abenteuer beginnt

Band 2

Im Zeichen der Zauberkugel –
Der Fluch des Skorpions

Band 3

Im Zeichen der Zauberkugel –
Der ägyptische Zankzauber

Band 4

Im Zeichen der Zauberkugel –
Das Geheimnis des Drachen

Band 5

Im Zeichen der Zauberkugel –
Die Reise ins ewige Eis

Band 6

Im Zeichen der Zauberkugel –
Die Macht des magischen Zirkels

Mehr erfährst du unter: www.zauberkugel.de

Stefan Gemmel

Im Zeichen der Zauberkugel

Aufbruch in neue Abenteuer

Mit Bildern von Katharina Madesta

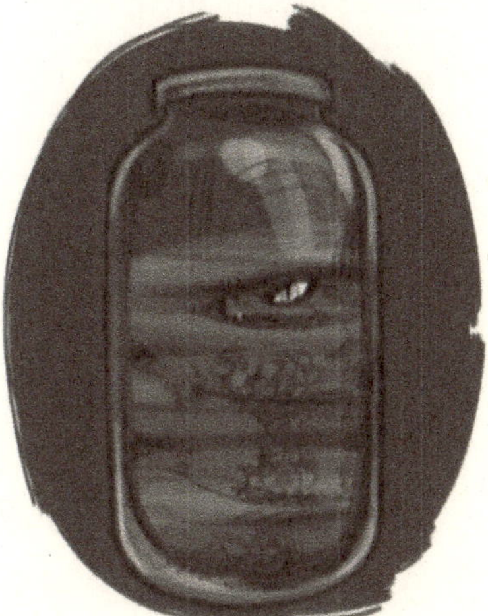

CARLSEN

INHALTSVERZEICHNIS

BLICKE IN DER DUNKELHEIT

Als Alex am Morgen die Augen öffnete, konnte er sein Glück kaum fassen. Er wusste, dass sich unter dem Dach dieses Hauses ausschließlich Menschen befanden, die ihm innerhalb der letzten Wochen sehr ans Herz gewachsen waren: Sahli, ein Junge, den Alex von einem jahrhundertealten Fluch hatte befreien können, sowie die Zwillinge Liv und Sally, die seine Stiefschwestern waren und mit denen er anfangs seine Schwierigkeiten gehabt hatte. Inzwischen ärgerte sich Alex, dass er sie früher „Halbschwestern“ genannt hatte, weil sie ihm doppelt auf die Nerven gegangen waren. Denn sie waren zu echten Freundinnen geworden, auf die man sich verlassen konnte. Das hatten sie schließlich bewiesen, als sie mit Alex und Sahli um die halbe Erde und in verschiedene Zeiten gereist waren, um den fürchterlichen Magier Argus daran zu hindern, Sahli wieder zurück in die Zauberkugel zu verbannen. Ohne die Mädchen hätten sie das alles niemals geschafft.

Und dann ... „Opa Aurelius!", flüsterte Alex überglücklich. Wahrscheinlich war sein Großvater gerade mit Oma Ilse in der Küche und musste zum hundertsten Mal erzählen, wie es sich angefühlt hatte, jahrelang in einem Eisgefängnis eingesperrt gewesen zu sein.

Doch all das gehörte nun der Vergangenheit an. Endlich! Sie hatten viel dafür getan: Sahli, Alex, die Zwillinge und natürlich ...

„Der liegt immer noch im Bett!", murrte es vor der Tür und eine helle Stimme piepste: „Kaum zu glauben, dass solch eine Schlafmütze so viele Abenteuer bestehen konnte."

„Kadabra, Bim! Ich kann euch hören!", rief Alex und

im selben Moment kicherte es vor seiner Tür und vier Mäusepfötchen und vier Katzenpfoten trippelten aufgeregt davon. „Eine sprechende Katze und eine Maus, die in die Zukunft blicken kann!" Alex erhob sich von seinem Kissen. „Wie soll ich das alles bloß meinen Eltern erklären?"

Er stand auf und ging in die Küche. Kaum hatte er die Tür geöffnet, wurde er von einem lauten Stimmengewirr empfangen.

„Ab heute habe ich zwei Geburtstage", erklärte Aurelius und hielt eine Teetasse in die Höhe, damit Liv und Sally mit ihm anstoßen konnten. „Zukünftig werde ich jedes Jahr an dem heutigen Datum meine Rettung feiern."

„Aber nicht ohne uns!", rief Alex dazwischen.

„Auf keinen Fall", ergänzten die Zwillinge und Aurelius meinte nur: „Das käme mir nie in den Sinn! Komm, Alex, setz dich zu uns."

Oma Ilse brachte einen weiteren selbst gebackenen Kuchen und stellte ihn auf den Tisch, neben die anderen drei, noch ganz ofenfrischen Kuchen und

die vier Packungen Kekse, die Opa Aurelius bereits besorgt hatte.
„Ilse!“, schmunzelte Aurelius. „Wer soll das denn alles essen?“
„Gebt euch Mühe“, war ihre Antwort und dabei wischte sie sich eine Freudenträne aus dem Auge. „Immer, wenn ich aufgeregt bin, muss ich backen. Das wisst ihr doch.“
„Und wenn du glücklich bist“, hakte Alex ein.
„Oder traurig“, meinte Liv.
„Oder sauer“, ergänzte Sally und Sahli rief: „Oder wenn ... Ne, eigentlich immer.“
Oma Ilse tat beleidigt. „Ach, ihr ...! Müsst ihr eine alte Frau so veräppeln? Ich bin doch nur so erleichtert und völlig überwältigt. Das ist einfach unglaublich, was ihr in der letzten Zeit alles erlebt habt.“
Opa Aurelius erhob sich. „Stimmt, liebe Ilse. Aber wir haben bloß von uns gesprochen. Was hast du denn erlebt in den letzten Wochen?“
Oma Ilse schreckte auf. „Ich? Was soll ich schon groß erlebt haben?“

„Erzähl doch mal!“, rief Opa Aurelius ungeduldig.
„Da ... Puh, da fällt mir aber gar nichts ein. Oder wartet ... doch!“ Sie lächelte. „Die Kuh von Bauer Weckbecker drüben hat zwei junge Kälbchen bekommen. Gleich zwei auf einmal! Die haben mich zu Hilfe gerufen und als die beiden Tierchen endlich auf der Welt waren, war ich so aufgeregt, dass ...“
„... dass du einen Kuchen gebacken hast, was?“, rief Sally, und als Oma Ilse verschämt nickte, mussten alle wieder lauthals lachen. Oma Ilse eingeschlossen.
Die Stimmen tönten durch das ganze Haus und vereinigten sich zu einer fröhlich-lauten Melodie, die erst das Wohnzimmer erfüllte und sich dann ihren Weg über den Flur und die Treppe bis hinauf zum Dachboden suchte, wo sie bis in die kleinsten Winkel von Aurelius’ geheimen Zimmer drang.
Und es war vor allem Aurelius’ tiefe, klangvolle Stimme, die eines der Gläser zum Erzittern brachte.
Ein Glas, das einsam und vergessen in einem der vielen Regale stand.
Der Dunkelheit überlassen.

Verstaubt.

Missachtet.

Versteckt.

Es war nur dieses eine Glas, das von Aurelius' tönender Stimme angestoßen wurde.

Für einen kurzen Moment. Für die Dauer eines Wimpernschlags. Für den Hauch einer Sekunde.

Doch dieser kaum wahrnehmbare Impuls reichte aus, um sie erneut zu wecken.

Langsam öffneten sich ihre Augen. Sie blitzten in dem Dunkel des Regals auf. Sie blickten sich um. Vor allem das linke Auge zuckte so aufgeregt, dass die dreieckige Pupille auf- und absprang.

Als Aurelius' Stimme wieder erklang, wanderte ihr Blick nach unten. Durch das Regal, durch den Fußboden, durch die Decke des Zimmers. Sie schaute erneut in die Runde von Menschen, die sie schon bei ihrem ersten, kurzen Erwachen beobachtet hatte.

Menschen, von denen sie niemanden kannte.

Das Erwachen war ihr sehr schwergefallen. Doch nun spürte sie, wie die Müdigkeit endgültig von ihr abfiel.

Menschen heranwachsen würde. Und nun reiste dieser Junge auf einem unsichtbaren Drachen umher, um Menschen in der ganzen Welt zu helfen. Mit seiner Magie. Heimlich, versteht sich.

Und da kann man schon mal angestaunt werden, fand Alex.

Sahli dagegen blickte lächelnd zu Kadabra und Bim, die schon seit Stunden auf einem der Schränke eingeschlafen waren. Neben ihnen lag Baklebrud, ein Kater, der mitgeholfen hatte, sie aus den Fängen des magischen Zirkels zu retten. Kadabra hatte sich neben ihm eingerollt und Bim lag in ihren Pfoten wie in einer warmen Decke aus Fell.

Auch Alex hatte noch Hunderte von Fragen an Sahli. „Du fliegst also mit Huo durch die Welt, um Menschen zu helfen?"

„Genau. Und Menschen zu finden, die Hilfe brauchen, ist nicht schwer. Leider ...", antwortete Sahli. „Ich muss bloß aufpassen, dass mich niemand bemerkt. Dann könnte ich mich vor lauter Anfragen wohl nicht mehr retten."

Aurelius nickte grübelnd. „Ich verstehe ..."
„Aber hey!", fuhr Liv dazwischen. „Eine Sache musst du mir noch erklären, Sahli: Wie fühlt es sich an, auf einem Drachen zu reiten?"
Sahli dachte kurz nach. „Du kennst das Gefühl, auf einem Pferd zu sitzen?"
„Ja, klar."
„Auf einem Drachen ist das etwas völlig anderes", grinste er und wieder lachten alle.
„Nein, nun sag doch mal", blieb Liv beharrlich.
„Huo ist was Besonderes", erklärte Sahli und sah aus dem Fenster zu Huo, der, für alle Menschen unsichtbar, draußen auf der Wiese schlief. „Es ist, als wärst du eins mit ihm, wenn du auf seinem Rücken sitzt. Ich brauche nur an die Richtung zu denken, in die ich fliegen möchte, dann reagiert er schon. Ohne Worte, ohne Zügel. Einfach so."
„Wow!", staunte Liv. „Er ist wirklich etwas ganz Besonderes."
Sahli strahlte alle in der Runde an. „So wie jeder hier", antwortete er lächelnd.

Alex blickte sich um. Er verstand wieder einmal exakt, was Sahli meinte. Aber dann bemerkte er, wie das Lachen aus dem Gesicht seines Freundes verschwand und er sehr nachdenklich wurde. Alex war das schon öfter aufgefallen, dass Sahli anscheinend über irgendetwas grübelte. Und er beschloss, seinen Freund zu fragen, was ihn bedrückte, sobald sich die Gelegenheit ergab.

Charda blickte sich um. Sie verstand überhaupt nichts. Vor allem begriff sie nicht, wo sie sich befand. Alles war in ein Halbdunkel getaucht. Alles um sie herum und alles in ihrem Kopf.

Durch ein winziges Licht in der Decke fiel gerade so viel Licht, dass Charda einen schattenhaften Umriss erkennen konnte.

Sie wollte sich erheben, doch als sie ihre Beine auszustrecken versuchte, um aufzustehen, gelang es ihr nicht.

„Nanu?“, flüsterte sie. Sie blickte an sich herab und staunte: „Charda, wo sind deine Beine?“ Sie wollte

nach ihnen greifen, doch ... „Nanu! Charda, wo sind deine Arme? Wo deine Hände? Wo deine Finger?"
Sie sah auf einen schlangenartigen Körper, aber das machte ihr keine Angst. Es überraschte sie bloß.
„Charda, was ist mit dir passiert?" Sie suchte in ihrer Erinnerung, doch ohne Erfolg.
„Arme Charda", tröstete sie sich selbst. „Bist allein. Bist leer. Bist ..." Sie schaute noch einmal an sich herab. „... eine Schlange. Das gefällt Charda nicht. Das gefällt Charda ganz und gar nicht."
Langsam schlängelte sie sich aus dem Regal heraus und kroch durch das Zimmer. „Was für ein eigenartiger Raum", bemerkte sie züngelnd. „So einen Raum hat Charda noch nie gesehen. So viel Papier, so viele Bücher, so viele ..." Sie blickte auf mehrere Ordner. „So viele von diesen Dingen." Sie bewegte sich näher heran und betrachtete sie genauer. „Auch wieder Papier", stellte sie fest. Aber das war nicht das Merkwürdigste.
„Kein Eingang", wunderte sie sich. „Fenster ist da, Dach ist da, aber kein Durchgang ... Nur dieses Rechteck in der Wand. Doch warum ist da ein

riesiges Brett davor, mit einem Griff? Das versteht Charda nicht." Sie schaute sich noch einmal um. „Das Fenster ist so klein und so langweilig eckig. Keine geschwungenen Bögen, keine Verzierungen." Ihr Blick ging durch die beiden Deckenböden bis hinunter ins Wohnzimmer. „Und welch merkwürdige Menschen muss Charda dort sehen? Ungewöhnliche Kleidung und sehr helle Haut, bis auf diesen einen Jungen." Sahli zog ihre ganze Aufmerksamkeit auf sich. „Dieser Junge ist anders. Er wirkt vertraut auf mich, obwohl ich ihn nicht kenne und auch er diese ungewöhnliche Kleidung trägt." Jetzt erst fiel ihr Blick auf die Gerätschaften rundherum und auf die Digitaluhr am Herd. „Was sind das für Lichter, die wie magisch aufleuchten? Zauber ist das nicht. Oh, arme Charda! Wo ist Charda nur erwacht? An welchem Ort? In welcher Zeit?"

Bevor ihr all diese Fragen unerträglich wurden, wandte sie sich schnell ab und kroch weiter über den Dachboden – in der Hoffnung auf Antworten.

Sie bewegte sich auf eine alte Truhe zu, deren Deckel

nicht ganz geschlossen war. Als Charda sich darüber hinwegschlängelte, durchkribbelte sie plötzlich ein merkwürdiges Gefühl, das ihr jedoch vertraut vorkam.
„Magie", flüsterte sie und drückte den Kopf durch den schmalen Spalt, um in die Truhe hineinzuschauen.
„Charda spürt Magie. Sehr schwach. Verschwommen. Aber sie ist da: Magie!" Es war allerdings nicht irgendeine Magie. Nein, wenn Charda ein Wort für dieses Gefühl finden sollte, das sie gerade verspürte, würde sie „heimisch" wählen. In ihr erwachte eine Sehnsucht nach zu Hause. Die Magie, die sie gerade umgab, wirkte wie eine Decke, die nach ihrer Heimat roch und die ihr das Gefühl gab, ihrer Familie nahe zu sein. Gerade so, als schlinge ihre Mutter die Arme um sie oder als stehe Argus an ihrer Seite.
„Argus", flüsterte sie und in ihrer Erinnerung zeigte sich mit einem Mal sein Gesicht. „Wo steckst du, Bruder? Wie kann ich dich finden?"
In der Truhe lagen nur alte Bücher und Landkarten. Dennoch spürte Charda eindeutig, dass sich einst eine magische Quelle in dieser Truhe befunden

haben musste. Über lange Zeit hinweg musste hier eine starke Zauberkraft geruht haben, die mit ihr zu tun gehabt haben musste. Charda schloss die Augen und genoss das magische Kribbeln, das durch ihren Schlangenkörper lief. Es war wie das Aufatmen nach einem langen Tauchgang oder wie ein Schluck Wasser nach einer Durststrecke.

Dadurch fühlte sich Charda gestärkt. Blitzschnell zog sie den Kopf aus der Truhe. Nun wollte sie endlich erfahren, was genau mit ihr geschehen war und was hier vor sich ging.

Für die vielen Kostbarkeiten in diesem außergewöhnlichen Raum hatte sie keinen Blick mehr übrig, denn sie hatte einen Spiegel entdeckt, der in einer Ecke des Zimmers gegen die Wand gelehnt stand. Er war halbrund und sehr fleckig. Doch er reichte Charda aus. Sie kroch darauf zu und richtete ihren Schlangenkörper auf, um sich im Spiegel betrachten zu können.

„Arme Charda! Wie siehst du bloß aus?“ So hatte sie ihr Gesicht nicht in Erinnerung. Dieser flache Schlangenkopf, die weit auseinander stehenden Augen und dann noch die fehlenden Ohren. „Das ist nicht Charda“, überlegte sie. „Das ist nur ein Teil von Charda.“

Erneut kam eine Erinnerung in ihr hoch. Zwar nur sehr blass, aber doch so stark, dass sie in Charda einen Impuls auslöste.

„Charda möchte nicht Schlange sein“, sagte sie. „Charda möchte ...“ Sie schaute auf die Gläser, die in den Regalen standen und in denen sich ausgestopfte Tiere befanden. Dabei fiel ihr Blick auf einen übergroßen Salamander. „Charda möchte Echse sein“, sagte sie, ohne dass sie auch nur ahnte, was sie damit bewirken könnte.

Denn in diesem Moment durchfuhr sie erneut das magische Kribbeln, das sie vorhin schwach aus der Truhe heraus gespürt hatte. Allerdings jetzt mit aller Macht. Eine Welle aus Magie überströmte sie. Charda atmete tief ein und bemerkte, wie ihrem Schlangenkörper Beine wuchsen und wie er sich außerdem immer mehr zusammenzog. Sie konnte spüren, dass sich ihr flacher Kopf verformte und dass auch ihre

Augen kleiner wurden. Charda atmete begeistert auf. Das fühlte sich gut an. Gut und vertraut. Gut und vertraut und belebend. Gut und vertraut und belebend und bestärkend. Ja, Charda fühlte sich stark, als sie jetzt in das Salamander-Gesicht sah, das ihr aus dem Spiegel entgegenstarrte.

„Das hat Charda getan", sagte sie begeistert. „So etwas kann Charda." Sie schaute sich noch einmal fest in die Augen und ließ ihren Blick dann erneut durch das Zimmer schweifen. „Skorpion", flüsterte sie, als sie in einem der anderen Gläser auf dem Regal ein solches Exemplar entdeckte. „Charda möchte ein Skorpion sein!"

Es brauchte nur wenige Sekunden, da hatte sie die Gestalt dieses Wüstentieres angenommen. Sie krabbelte näher an den Spiegel heran.

„Skorpion! Charda mag Skorpione." Sie drehte sich nach allen Seiten, um sich genau zu betrachten. Von der Schlange war nichts mehr zu erkennen. Auch nicht von dem Salamander. Alles an ihr war anders. Alles, bis auf ...

Charda kroch noch näher an den Spiegel und dabei fiel ihr etwas auf. Eine Sache hatte sich bei allen Verwandlungen nicht geändert.
„Chardas Auge“, stellte sie fest und war nun so nah vor dem Spiegel, dass ihre Skorpionscheren das Glas berührten.
„Das Auge von Charda“, sagte sie, als sie die dreieckige Pupille in ihrem linken Auge bemerkte. „Das kennt Charda. Das erinnert Charda. Das erinnert Charda wieder an Argus.“
Wieder schoss eine Erinnerung durch ihren Kopf. Dieses Mal heftiger und klarer als die beiden Erinnerungen zuvor. Sie sah sich selbst, wie sie mit erschrockenem Blick in ein anderes dreieckiges Auge blickte. Vor sehr, sehr langer Zeit. Doch die Erinnerung war brüchig. Charda nahm noch ein Glas und einen Deckel wahr. Und dann ... dann ... „Argus!“, flüsterte sie und ein weiteres Mal durchfuhr ein blitzartiges Gefühl ihren Körper. Dieses Mal war es jedoch kein magisches Gefühl. Auch kein angenehmes Gefühl. Es war ein klarer Entschluss. Sie musste

sich auf die Suche nach Argus machen. Er war dabei gewesen, als das mit ihr passierte, woran sie jetzt litt. Er würde wissen, was zu tun war. Er hatte vielleicht die Macht, sie von dem zu erlösen, was geschehen war.
„Argus!", flüsterte Charda wieder, während sie ihre Skorpionscheren zuschnappen ließ. „Ich muss dich finden, mein Bruder."

Aurelius stand von seinem Wohnzimmersessel auf. Er fühlte sich bestens in Form. „Vielleicht sollten wir alle eine Runde spazieren gehen", schlug er vor. „Es liegen schließlich ein paar aufregende Tage hinter uns, aber noch viel mehr wunderbare, gemeinsame Tage vor uns."
Oma Ilse nickte. „Ja, jetzt wo Argus und der magische Zirkel gebannt sind, könntet ihr alles mal wieder ruhig und gemütlich angehen."
„Ruhig", wiederholte Liv.
„Gemütlich", wiederholte Sally, bevor beide wie im Chor sagten: „Klingt schön!"
Schön langweilig, durchfuhr es Alex. Er konnte sich

„Vielleicht hast du auch nur schlecht geträumt und bist davon aufgeschreckt", überlegte Sally.
Liv gab ihr recht. „Wir haben schließlich eine Menge erlebt. Und das muss verarbeitet werden."
Kadabra legte vorsichtig eine Pfote um die kleine Maus. „Das wird es sein, Bim. Du hast nur schlecht geträumt."
Aurelius öffnete die Wohnzimmertür. „Ein Grund mehr, dass wir eine Runde spazieren gehen sollten, um uns abzulenken und die Gemeinsamkeit zu genießen."
Sahli streichelte Bims Kopf. „Du hast mich ganz schön erschreckt." Er nahm sie auf die Hand und ging mit ihr aus der Küche. „Wir warten draußen auf euch."
Liv und Sally folgten ihm aus der Tür. Aurelius warf Alex einen fragenden Blick zu. Der zögerte.
„Lass mich noch aufräumen, Opa. Einverstanden?"
Und damit meinte er nicht nur die Küche. Auch in sein Innerstes musste er dringend etwas Ordnung bringen.
Aurelius trat auf ihn zu. Er schien zu ahnen, was in

seinem Enkel vorging, denn er sagte: „Dir geht wohl einiges im Kopf herum, was?"
„Einiges herum? Meine Gedanken fahren Achterbahn", seufzte Alex.
„Dann komm doch mit und gib der Kirmes in deinem Gehirn eine Verschnaufpause."
Alex lächelte. „Gleich. Ich räum nur schnell noch auf."
„Dann gehen wir schon einmal langsam voraus, die Hauptstraße entlang, ja? Komm einfach nach, wenn du so weit bist."
„Alles klar, Opa. Es ist übrigens schön, dich wieder hier zu haben."
„Und schön, wieder hier sein zu können. Was für eine unglaubliche Zeit da hinter uns liegt! Niemand hätte je geahnt ..." Aurelius ging kopfschüttelnd zur Tür hinaus. Alex sah ihm noch einen Moment nach und machte sich dann auf ins Wohnzimmer, stellte die vielen Teetassen auf das Tablett und brachte alles in die Küche.
„Merkwürdig." Er hielt inne. „Wieso brennt die Tischkerze? Oma meinte doch, dass die nur als Deko

gedacht ist. Mist! Sie wird bestimmt sauer sein, wenn sie sieht, dass jemand die Kerze angezündet hat.“ Er beugte sich darüber und pustete sie aus.

Die Haustür fiel ins Schloss. Alex schaute aus dem Fenster, den anderen hinterher, und sah, wie Sahli ihm zuwinkte. Alex winkte zurück.

„Nun soll hier also Ruhe einkehren“, flüsterte Alex und spürte, dass er das irgendwie nicht glauben konnte - oder nicht glauben wollte. Seine Überlegungen von vorhin kamen ihm wieder ins Gedächtnis. „Schule, Hausaufgaben, Sahli treffen. So wird es jetzt also sein: Brettspiele, Sahli das Internet beibringen, ab und zu ein bisschen kicken oder mit den Rädern auf Tour gehen. Hmmm ...“

Er erinnerte sich daran, wie er als gigantischer Riese die ägyptischen Arbeiter in die Flucht geschlagen hatte. Und auch der Tupilait kam ihm wieder in den Sinn. „Man sollte ein Buch über all das schreiben“, sagte er lächelnd zu sich. „Ach was, eines! Das gäbe bestimmt eine ganze Serie. Wahrscheinlich fünf oder sechs Bände oder so.“ Er kicherte bei dem Gedanken.

Er als Bücherheld. So was Verrücktes. Welcher Autor oder welche Autorin würde denn über ihn schreiben wollen? Völlig absurd!

In diesem Moment öffnete sich die Tür. Alex drehte sich um, konnte aber zuerst niemanden sehen. Sein Blick wanderte zu Boden.

„Bim! Ich dachte, du wolltest mit den anderen spazieren gehen."

Die Maus schüttelte den Kopf. „Da ist noch eine Frage", erklärte sie.

„Kann ich verstehen", antwortete Alex. „Ich hab auch noch jede Menge Fragen in meinem Hirn", antwortete Alex. „Was möchtest du denn wissen?"

„Argus!", war die Antwort. „Verrate alles über Argus."

Alex stutzte. „Was meinst du mit ‚alles über Argus'? Du weißt doch alles über ihn."

„So?" Jetzt stutzte die Maus. „Aber was kannst du erzählen?"

Alex ging in die Hocke und legte die Stirn in Falten. „Bim? Ist alles in Ordnung mit dir? Du wirkst ganz verwirrt."

„Nein, nicht verwirrt“, kam die Antwort. „Da sind bloß so viele Fragen zu beantworten.“

„Über Argus?“

Die Maus nickte. „Was kannst du über ihn sagen? Wo ist er gerade? Wo könnte man ihn finden?“

Alex runzelte die Stirn. „Ich verstehe dich nicht, Bim. Du weißt doch alles über ihn. Du kennst doch ... hast doch ... Du warst doch dabei, als ...“

„Aber was kannst du über ihn erzählen?“, hakte die Maus ein und nun war Alex komplett ratlos. „Was sind denn das für Fragen? Das macht doch alles keinen Sinn!“, rief er aus und verstummte plötzlich. Ihn überlief eine Gänsehaut und für eine Sekunde setzte sein Herz aus.

„Bim“, brachte er fast tonlos hervor. „Bim, das sind genau die Worte, die du eben gesagt hattest.“ Sein Blick ging zu der Tischkerze. „Feuer! Die Kerze! Dazu deine Worte! Und jetzt meine Worte! Bim, das war tatsächlich eine Vision vorhin!“

Die Maus blickte an ihm hoch. Sie wirkte verzweifelt. Und nicht nur das. Ihr war anzusehen, wie enttäuscht sie war. „Dann eben nicht!“, sagte sie bloß, drehte sich um und verließ die Küche.

Alex blickte ihr wie benommen nach. „Was? Wohin gehst du? Aber ...!“

Da fiel auch schon die Küchentür ins Schloss und alles, was Alex noch hörte, war: „So kann Charda nicht vorgehen. Charda muss sich etwas anderes ausdenken.“

„Bitte?“ Alex starrte die geschlossene Tür an. „Was hast du gesagt?“

Doch ihm wurde klar, dass er keine Antworten erhalten würde. Zumindest keine brauchbaren. Es schien, als seien im Moment alle völlig überfordert.

Alex erhob sich und tappte gedankenverloren hinaus. Es war ihm nicht gelungen, die Gedanken-Achterbahn auszuschalten. Im Gegenteil: Das Ding fuhr ihm mit Lichtgeschwindigkeit durch alle Synapsen seines Gehirns.

GEHEIMNISSE IM GEHEIMEN ZIMMER

Als die Gruppe von ihrem Spaziergang zurückkam, warf die Sonne bereits lange Schatten durch das Fenster und ein Vogel zwitscherte müde sein letztes Lied für diesen Tag. Alex blickte auf die Uhr.

„Wow!“, staunte er. „Ihr seid echt lange unterwegs gewesen!“

„Du bist ja doch gar nicht mehr nachgekommen“, bemerkte Aurelius, allerdings ohne jeden Anschein von Vorwürfen. „Haben dich deine Grübeleien zurückgehalten?“

Alex nickte. „Da war tatsächlich etwas Merkwürdiges“, sagte er. Eine Sache, die ...“

Sein Blick ging zu der Kerze, die auf dem Tisch munter vor sich hinflackerte. „Bim ...“, fing Alex an.
„Ach, die habe ich draußen mit Kadabra und Baklebrud sitzen sehen“, antwortete Aurelius.
„Hast du mit ihr gesprochen? Ist dir etwas aufgefallen?“, hakte Alex nach.
Der Großvater schüttelte den Kopf. „Nein. Sie haben alle drei sehr vergnügt ausgesehen.“
Sally tippte Alex mit den Fingerspitzen an und verfiel in ihre Muttersprache. „Is everything fine with you?“
Alex sah sie an. „Bim hat sich vorhin so merkwürdig verhalten. Sie wollte mich nach Argus ausfragen.“
„Argus?“ Liv war verblüfft. „Was wollte sie wissen?“
„Das ist es ja! Sie wollte irgendwie alles wissen.“
„Was bedeutet das denn?“
Alex zuckte mit den Schultern. „Das kann ich auch nicht einschätzen. Sie wirkte fast so, als wisse sie nichts über Argus. Und ich sollte ihr alles – also wirklich alles – über ihn erzählen.“
„Das ist wirklich merkwürdig.“ Aurelius zupfte nachdenklich an seinem Kinnbart.

Gerade wollte Alex von der Kerze in der Küche berichten und dass er vermutete, Bim hätte eine echte Vision gehabt, als Aurelius auflachte.
„Ach, seht mal, wer da kommt. Kadabra! Weißt du vielleicht, wo Bim ist?“, fragte er die Katze, die durch die Wohnzimmertür kam und sich vor ihnen auf den Boden setzte.
„Bim?“ Sie blickte in die Runde, als wisse sie gar nicht, von wem die Rede war. „Weiß nicht.“
Sally schaute sie besorgt an. „Ist was?“
Die Katze zuckte mit den Ohren und antwortete: „Ja, da gibt es eine Sache. Eine Bitte an euch.“
„Ja?“
Die Katze betrachtete sie alle der Reihe nach, bevor sie Sally schließlich fragte: „Kannst du von Argus erzählen?“
Alex horchte auf. „Fängst du jetzt auch damit an?!“
Aurelius hob schnell die Hand. „Warte, Alex.“ Dann wandte er sich der Katze zu. „Was genau meinst du?“
„Alles, was ihr wisst. Über Argus.“
„Aber du warst doch von Anfang an dabei“, wandte

Aurelius in beruhigendem Ton ein. „Sogar als Alex den Zwillingen mein Notizbuch gezeigt und ihnen daraus vorgelesen hat. Du müsstest also alles, wirklich alles über Argus wissen."

„War dabei?" Die Katze grübelte sichtlich. „Dabei. Hmmm ... Könnt ihr dennoch alles über Argus erzählen?" Sie legte den Kopf schief und versuchte einen Dackelblick. Doch dafür waren Katzengesichter einfach nicht gemacht. Es sah verwirrend aus, was die ganze Situation noch verrückter erscheinen ließ.

In Alex wuchs die Sorge. „Was ist denn nur los mit euch beiden?", fragte er. „Erst Bim, dann du ..." Stirnrunzelnd stand er von seinem Platz auf.

„Ist gestern irgendwas passiert? Habt ihr etwas Merkwürdiges erlebt?"

Die Katze stand auf und machte vorsichtig einen Schritt zurück. „Was soll denn vorgefallen sein? Ihr sollt doch bloß über Argus berichten."

Alex kam näher auf sie zu, aber die Katze wich erneut zurück. Er hielt inne und musterte sie genau. Irgendetwas an ihr erschien ihm merkwürdig. War es das

Misstrauen, das die Katze ihm entgegenbrachte, oder ihr übervorsichtiges Verhalten? Doch dann erkannte Alex etwas, das ihn aufschrecken und an seinem Verstand zweifeln ließ. „Dein ... dein Auge ...“, brachte er mühsam hervor. „Dein ... Auge ... es ... hat ...“

„Ha!“, schrie die Katze erbost und drehte sich blitzschnell um. „Wieder hat der Junge Charda erwischt!“ Damit zischte sie aus dem Raum, durch den Flur und zur Haustür hinaus.

Aurelius und die beiden Mädchen sprangen vom Tisch auf.

„Alex! Was war denn los?“

Alex blickte aus der Hocke zu den dreien auf. „Ihr Auge …“, wiederholte er. „Das linke Auge hatte eine dreieckige Pupille.“

Es war, als würde ein Blitz in das Wohnzimmer einschlagen, der alle elektrisierte. Wie erstarrt sahen Aurelius und die Mädchen Alex an.

„Das …“

„… ist …“

„… unmöglich“, gaben sie von sich.

„Ich weiß“, antwortete Alex grübelnd. „Es kann nicht sein. Wir haben Argus besiegt.“

In dem Moment trat Sahli durch die Tür. Er hatte nach dem Spaziergang nach Huo geschaut und sah jetzt beim Hereinkommen sehr verblüfft aus. „Da ist gerade Kadabra an mir vorbeigeflitzt und hat noch nicht einmal gegrüßt."

„Bist du sicher, dass es wirklich Kadabra war?", erwiderte Alex.

Sahli verharrte in der Tür. „Jetzt, wo du es sagst ... Nein, es fühlte sich tatsächlich anders an."

„Du meinst, sie sah anders aus", wollte Alex von seinem Freund wissen.

Sahli schüttelte den Kopf. „Nein. Es fühlte sich merkwürdig an. Warte!" Er spürte tief in sich hinein. „Wenn ich mich richtig erinnere, war da ein Gefühl von Magie, als sie an mir vorbeisprang."

Mit einem Mal änderte sich sein Gesichtsausdruck. Wieder zeigte sich das grüblerische, besorgte Gesicht, das Alex schon am Morgen bei ihm bemerkt hatte.

„Sahli", wollte er ihn ansprechen. „Sag mal, ist alles ..."

Doch Aurelius kam ihm zuvor. „Magie sagst du? Welche Form von Magie, Sahli?"

„Gute Frage. Es fühlte sich an wie meine Magie." Er grübelte. „Klingt das verrückt?"

„Nein!" Aurelius sah plötzlich sehr finster drein.

„Das dreieckige Auge und eine Magie, die dir bekannt vorkommt ... Du weißt ja, Sahli, dass deine magischen Fähigkeiten an Argus gebunden sind. Du bist damals von ihm verflucht und mit einem Zauber belegt worden und nur durch die Kugel, die er dir gab, kannst du deine Magie nutzen."

„Du denkst doch nicht etwa, er ist hier?" Sahli war entsetzt.

„Wir haben ihn schließlich besiegt", wiederholte Alex seine Überlegung von vorhin und beschloss, seine Beobachtungen um Sahli auf später zu verschieben. „Er kann unmöglich zurückgekommen sein. Das geht einfach nicht."

Sally blickte zu Sahli. „Und dennoch ist seine Magie hier spürbar?"

Sahli nickte.

Da kam in Alex ein Gedanke auf. „Wer ist eigentlich Charda?"

„Was?" Aurelius schrie vor Schreck so laut auf, dass alle Köpfe zu ihm herumfuhren. Die Härchen auf seinen Armen hatten sich aufgestellt.

„Charda?“, fragte er Alex. „Wie kommst du auf diesen Namen?“

„Bim hatte ihn gestern Abend ausgesprochen, als sie aus dem Raum ging. Und Kadabra vorhin ebenfalls.“

Sie alle bemerkten seine Gänsehaut, als er nachfragte: „Bist du sicher? Charda?“

Sahli trat auf Aurelius zu. „Wer ist das? Charda?“

Aurelius’ Blick ging zur Zimmerdecke. „Das kann ich euch verraten. Ich kann sie euch vorstellen, diese Charda. Aber ich hoffe inständig, Alex, dass du dich verhört hast. Und dass wir es nicht mit Charda zu tun bekommen.“

„Aurelius.“ Sally schaute ihn sorgenvoll an. „Du machst uns gerade richtig Angst.“

Doch Aurelius schien sie nicht zu hören. „Kommt mit! Ich stelle sie euch vor.“

Er führte die Freunde die Treppe hinauf zum Dachboden.

In seinem Kopf führten seine Neugier und seine Furcht einen Zweikampf und Alex hätte nicht darauf wetten wollen, wer von beiden wohl gewinnen würde.

So besorgt hatte er seinen Großvater das letzte Mal erlebt, als er in einem Feuerring eingeschlossen und von mächtigen schwarzen Zauberern umgeben gewesen war.

„Opa, was hast du?"

Aurelius suchte den Lichtschalter neben der Tür. „Es ist ein Gedanke, der mir durch den Kopf schoss. Und hoffen wir, dass ich mich irre."

Liv schaute achselzuckend zu Sally, die achselzuckend zu Sahli schaute, der achselzuckend zu Alex schaute, der wiederum nur die Achseln zuckte. Keiner von ihnen konnte einschätzen, was hier vor sich ging.

Als Aurelius das Licht einschaltete und in den Raum trat, hielt er plötzlich inne und blickte zu Boden.

„Huch! Was ist denn hier passiert?" Liv zeigte auf die Scherben vor den Regalen.

Sally schritt darauf zu und griff nach dem goldenen Deckel, der neben den Scherben lag. „Den kenne ich", sagte sie. „Der ist von einem Glas, das dort stand." Sie nickte zu einem der Regale hinüber. „Darin war eines dieser ausgestopften Tiere. Eine ..."

„... eine Schlange?“, fragte Aurelius und jetzt nickten alle im Raum.

„Ja“, antwortete Alex hastig. „Ihre Augen waren geschlossen. So als würde sie schlafen.“

„Und sie wirkte irgendwie besonders“, erinnerte sich jetzt auch Sahli. „Fast menschlich. Aber das klingt gerade auch sehr verrückt, oder?“

„In diesem Raum klingt nichts verrückt“, erwiderte Aurelius. Er stellte sich vor einen der Schränke voller Bücher und hielt den Blick fest auf eine Schublade gerichtet.

„Oh, die muss kaputt sein, Opa“, warf Alex ein. „Da hab ich auch schon dran gezogen.“

„Ich auch“, meinte Liv.

„Hundert Mal schon“, ergänzte Sally und Sahli staunte nur: „Ihr auch?“

Aurelius ging nicht darauf ein, aber es war Alex, als sei für einen kurzen Augenblick ein winziges Lächeln über das Gesicht seines Großvaters gehuscht. „Sahli, stell dich bitte mal zu dem Globus dort auf dem Regal neben der Tür, ja?“

Sahli staunte erneut. „Natürlich, wenn du das möchtest“, sagte er und tat Aurelius den Gefallen.
„Danke“, sagte Aurelius und wandte sich dann an Alex. „Und geh du doch bitte mal zu diesem Regal dort, das von dem Schrank halb verdeckt wird, ja?“
Alex wunderte sich ebenfalls, tat aber wie gewünscht.
„Und wir?“, fragte Liv.
„Ihr stellt euch zu der Wandlampe da, neben dem Fenster.“
„Oh, sei nicht enttäuscht“, antwortete Sally. „Ich fürchte, die ist ebenfalls kaputt.“
Nun konnten auch die Zwillinge erkennen, wie Aurelius für einen Sekundenbruchteil grinsen musste. Sie stellten sich zu der Wandlampe und warfen Sahli und Alex fragende Blicke zu.
„Sahli, drehst du den Globus mal bitte so, dass Westafrika zu dir zeigt?“, bat Aurelius anschließend.
Sahli legte beide Hände auf den Globus und drehte ihn so, dass sein Blick auf das Land Mali fiel. „So?“
„Perfekt“, freute sich Aurelius und nickte seinem Enkel zu. „Wenn du genau hinschaust, Alex, siehst du

eine kleine Kiste, die von dem Schrank davor verdeckt wird. Zieh die mal bitte heraus."

Alex sah die Kiste sofort. „Die ist aber leer", wandte er ein.

„Einfach herausziehen, bitte." Aurelius lächelte nun über das ganze Gesicht.

„Okay", murmelte Alex, packte die Kiste, zog sie hinter dem Schrank hervor und in diesem Moment hörten alle, wie ein lautes Knacken durch den gesamten Raum hallte. „Was war das?"

Aurelius ignorierte die Frage und schaute zu den Mädchen. „Und zum Abschluss schaltet ihr bitte die Lampe ein."

„Die kaputte hier?" Sally legte schon einen Finger auf den Schalter, weil sie die Antwort bereits ahnte.

„Sie ist nicht mehr kaputt", antwortete Aurelius und aus seinem Lächeln wurde ein Lachen.

Sally drückte den Schalter, die Lampe leuchtete auf und jetzt war ein lauter Ruck im Zimmer zu vernehmen. In derselben Sekunde knackte es an dem Schrank, vor dem Aurelius stand, und die Schublade,

die er die ganze Zeit über im Blick gehabt hatte, glitt lautlos auf.
„Wow!“ Alex trat vor. „Es gibt ja noch Geheimnisse in deinem geheimen Zimmer, von dem selbst Geheimagenten nichts ahnen würden, Opa.“
„Ich habe über ein Jahr an dieser Mechanik gearbeitet. Gefällt euch, oder?“
Alle nickten beeindruckt, dann beugten sie sich neugierig in das Innere der Schublade. Ein Ring lag darin, mit einem blutroten Stein in der Fassung. Auch einige Stifte, dazu mehrere Schlüssel und ... ein Brief. Das Kuvert war schon vergilbt. Eine Briefmarke fehlte. Nur drei Worte waren von Hand darauf geschrieben worden: *Meinem Enkel Aurelius.*
Sally hatte die Worte entziffert. „Das ist diese uralte Handschrift, oder?“
Aurelius nickte. „Sütterlin wird sie genannt. Vor ziemlich genau 100 Jahren war es eine sehr beliebte, gängige Handschrift. Sie wurde von Ludwig Sütterlin entworfen, um Kindern das mühsame Schreiben mit der Schreibfeder zu erleichtern. Doch sehr schnell

setzte sie sich auch bei den Erwachsenen durch und wurde zur allgemeinen Handschrift.“
„Wir haben sie mal in der Schule gezeigt bekommen“, warf Liv ein. „Aber ich finde es sehr kompliziert. Ich glaube das kleine ‚a‘ und das kleine ‚g‘ sehen fast gleich aus.“
„Man muss sich daran gewöhnen“, entgegnete Aurelius. „So wie an alle neuen Dinge.“
Alex verlor die Geduld. „Äh, könntet ihr eure Geschichtsstunde auf später verlegen? Was ist das für ein Brief, Opa? Da steht doch *‚meinem Enkel Aurelius‘*. Warum ist dieser Brief so wichtig? Und was hat das mit dieser Charda zu tun?“
Aurelius nahm den Brief vorsichtig aus der Schublade heraus, wobei er dabei so sachte vorging, als wolle er ein frisch geborenes Baby aus der Wiege nehmen. Er schloss auch die Schublade sehr sanft, und im gleichen Moment erlosch das Licht an der Wand, es knackte und es rumste, die Kiste im Schrank schob sich wie von selbst zurück und der Globus neben der Tür drehte sich ein paarmal mit rasender

Geschwindigkeit um sich selbst, bevor er langsam wieder zum Stehen kam.
Aurelius ging mit dem Brief zu dem alten Sessel, der in dem Raum stand, und nahm Platz. Noch immer hielt er das Schreiben wie einen kostbaren Schatz.
Sahli ahnte schon, was jetzt kommen würde, und setzte sich im Schneidersitz vor den Sessel. Die drei anderen taten es ihm gleich. So saßen sie schließlich im Halbkreis um Aurelius herum und blickten gebannt zu ihm auf.
Aurelius drehte den Brief vorsichtig von einer zur anderen Seite, damit ihn auch alle wirklich bewundern konnten. Und endlich begann er zu sprechen. „Ich glaube, ich habe euch noch nie von meinem Großvater Korbinian erzählt, oder?"

Charda saß im Garten und starrte auf ihr Gegenüber. Etwas hilflos. Und unsicher. Denn ihr gegenüber saß eine Katze und starrte auf Charda. Etwas hilflos. Und unsicher. Das ging eine Weile so, bis Charda die Stille unterbrach.

„Du bist bestimmt Kadabra", sagte sie.
„Hab ich bis vorhin auch gedacht", gab die andere Katze zurück. „Aber jetzt bin ich mir nicht sicher. Du siehst aus wie ich. Vielleicht bist du Kadabra."
In einer anderen Situation hätte Charda das vielleicht witzig gefunden, doch gerade war ihr nicht nach Lachen zumute.
„Geh weg!", befahl sie.
„Geh du doch!", kam die Antwort. „Immerhin ist das mein Zuhause." Und so leise, dass es niemand hörte: „Glaube ich zumindest."
Charda sah sich um und fragte sich, wohin sie gehen sollte. Sie wusste ja gar nicht, wo sie überhaupt war oder welche Zeit gerade herrschte. Sie wusste ja nicht einmal, wie sie ...
„Und was hat das mit dieser Charda zu tun?", wurde sie in ihren Gedanken von einer Stimme unterbrochen, die aus einem der offenen Fenster erklang und die sie inzwischen gut kannte. Das war der Junge.
Kadabra ahnte Böses. „Du bist doch nicht wegen Alex

hier, oder?“, fragte sie und Charda freute sich, dass sie nun endlich den Namen dieses Jungen mit den hellen Haaren kannte.

In dem Moment hörte sie eine zweite Stimme. Eine piepsende Stimme. „Vielleicht geht es ihr ja um Sahli!“ Bim war um die Ecke gebogen und schaute voller Wut auf Charda. Sie ließ sich nicht davon verwirren, dass Charda wie Kadabra aussah. Sie würde Kadabra unter hundert gleichen Katzen herausfinden. Wahrscheinlich sogar mit verbundenen Augen. „Bist du wegen ihm hier - wegen Sahli?“, hakte die Maus noch einmal mutig nach. „Willst du vielleicht Rache üben? Für Argus?“

Da klingelte etwas in Chardas Kopf. „Rache für Argus ...“ Dieser Satz war wie ein Weckruf für sie. Denn plötzlich fühlte sie eine tiefe Sorge in sich. Was war bloß mit ihrem Bruder geschehen, dass diese Maus von Rache sprach? Was hatten sie Argus angetan? Und vor allem: Wo war Argus?

Charda blickte noch einmal zum Dachfenster des Hauses empor, unter dem sie die beiden Jungen Alex und Sahli immer noch vermutete. Dann sah sie erneut herab zu dieser vorwitzigen Maus, die vor ihr stand und die Begriffe Argus und Rache mit einem der zwei Jungen verknüpft hatte. Und zwar mit diesem Sahli. Charda musste zu ihm. Jetzt. Sie musste erfahren, was da auf dem Dachboden vor sich ging. Denn genau dort war sie am gestrigen Abend erwacht und irgendwie musste es da einen Zusammenhang geben. Das würde sie zu ihrem Bruder bringen. Und der könnte sie ganz sicher erlösen.

„Was ist jetzt mit dir?“, erkundigte sich Kadabra. „Machst du dich nun endlich aus dem Staub, oder was?“

Doch die andere Katze achtete nicht mehr auf sie. Sie sprang auf die Pfoten und verschwand um die Hausecke.

„Ups“, staunte Kadabra. „Das ging schnell!“

„Hinterher“, rief Bim und kletterte blitzschnell auf Kadabras Nacken. „Ich möchte wissen, wo sie hinwill. Wir müssen Alex und die anderen warnen.“

Kadabra schoss augenblicklich los, doch von der

fremden Katze war nichts mehr zu sehen. Im Garten nicht, auf der Terrasse nicht und im Haus war sie auch nicht.

Die beiden blickten sich verwundert an. Hätten sie allerdings nach oben geschaut, wäre ihnen gewiss die Taube aufgefallen, die mit ihrer dreieckigen Pupille durch die offene Dachluke schielte und dann darin verschwand.

VERBLASSTE SCHRIFT AUF ALTEM PAPIER

„Ich hätte euch längst schon von meinem Großvater Korbinian erzählen sollen“, grübelte Aurelius. „Aber früher warst du noch zu jung, Alex. Tja, und dann haben wir uns ja eine ganze Weile nicht mehr gesehen, was?“

„Was war denn so besonders an Korbinian?“, hakte Liv neugierig ein. Und damit war sie nicht allein. Alle wollten hören, was der Großvater zu erzählen wusste und was es mit diesem Brief auf sich hatte. Doch bevor Aurelius weitersprechen konnte, flog die Tür zum Dachboden auf und Kadabra kam mit Bim hereingerannt.

„Wir müssen euch was sagen", rief Kadabra aufgeregt.
„Das müsst ihr euch anhören", setzte Bim nach.
Noch bevor jemand reagieren konnte, berichteten die beiden aufgeregt und außer Atem, was gerade im Garten vor dem Haus vor sich gegangen war.
„Ihr müsst vorsichtig sein!", riet Kadabra nachdrücklich. „Diese Katze, die gefällt mir nicht. Sie sieht exakt aus wie ich. Dabei bin ich doch einzigartig."
„Wie keine andere Katze auf der Welt!", stimmte Bim ihr schnell zu.
„Wir kennen sie schon", antwortete Alex. „Kommt her! Opa weiß vielleicht, mit wem wir es da genau zu tun haben."
Kadabra und Bim setzten sich zwischen Alex und Sahli und nun lauschten sie alle Aurelius' Ausführungen. „Mein Großvater Korbinian war mein großes Vorbild", eröffnete er. Er genoss die Aufmerksamkeit, die ihm gerade zuteilwurde. „Er war ein Wissenschaftler. Ein Professor für magische Dinge."
„Genau wie du!", entfuhr es Alex.

„Exakt. Und ich möchte noch einen Schritt weiter gehen: Mein Großvater Korbinian ist wohl auch der Grund dafür, dass ich mich schon sehr früh mit Magie befasst habe. Korbinian war einer der allerersten Forscher auf diesem Gebiet und ist für seine Recherchen um die halbe Welt geflogen. Vieles von dem, was ihr in diesem Raum seht, stammt von seinen Reisen. Das alles hier ist also nicht nur meine Sammlung, sondern zu einem großen Teil auch seine. Aber er hat sie mir vermacht."

Die Freunde schauten sich um. Mit einem Mal war es ihnen, als ob die Gegenstände in diesem Raum noch wertvoller, geheimnisvoller und vertraulicher waren.

„Das hab ich gar nicht gewusst", flüsterte Alex.

Aurelius lächelte traurig. „Das durfte ich dir ja auch nicht erzählen", antwortete er und sofort waren wieder alle Augen auf ihn gerichtet. „Es wurde mir verboten. Von deinem Vater."

Alex stand vor Verblüffung der Mund weit auf.

„Ja, ich habe damals auch gestaunt, als mein eigener Sohn mir das verboten hat. Er wollte mit alldem hier nichts zu tun haben. Ihm war es peinlich, einen Vater und einen Urgroßvater zu haben, die sich mit Magie beschäftigten."

„Warum denn das?!", warf Liv ein. „Also, unser Vater wäre bestimmt stolz."

Sally nickte. „Wir können es kaum erwarten, ihm und Marianne alles zu erzählen, was in der letzten Zeit geschehen ist."

„Das glaube ich euch", entgegnete Aurelius. „Nur Alex' leiblicher Vater war da anders. Er hat eine Lehre als Bankkaufmann gestartet, damit wenigstens einmal ein Mann in der Familie etwas Handfestes lernt. Das waren seine Worte."

Alex zog einen Schmollmund. „Wie gemein!"

„Ich musste es akzeptieren."

„Trotzdem gemein."

Sahli zeigte mit dem Finger auf den alten Brief in Aurelius' Händen. „Aber was steht denn nun da drin?"

Aurelius nahm den Brief aus dem Kuvert und faltete ihn auseinander. Wieder waren die Worte in Sütterlin geschrieben und die Kinder staunten über die feine

Schrift. Es war ein langer Brief von mehreren Seiten und fast wirkte es, als wäre er gedruckt worden.
„Sieht das schön aus“, schwärmte Sally noch, dann begann Aurelius.

„Mein lieber, guter, wertgeschätzter Aurelius!
Hier schreibt Dir Dein Großvater Korbinian. Dies ist nicht mein erster Brief an Dich, doch glaub mir, es ist der bisher wichtigste, den Du aus meiner Feder erhältst.
Vielleicht verwundert es Dich auch, dass ich Dir hier und heute einen Brief schreibe, wo wir uns erst vorhin am Kaffeetisch direkt gegenübergesessen haben.
Aber es ist mir ein Anliegen, Dir etwas mitzuteilen, was ich sonst niemandem anvertrauen möchte.
Daher habe ich vorhin geschwiegen, als wir im Kreise der Familie beisammensaßen. Nun allerdings, hier an meinem Schreibtisch, will ich dieses Schweigen brechen und mein Wissen mit dir teilen, mein braver, aufmerksamer Aurelius. Und da ist mir dieser Weg hier der liebste.

Mit jedem Tag, den ich mit dir verbringe, kann ich erkennen, dass Du ein ganz besonderer Mensch bist. Du hast das ansteckendste Lachen, das ich kenne, und vor allem eine dermaßen große Vorwitznase, wie ich sie noch bei keinem Menschen gesehen habe. Ich wundere mich stets, wie so viel Neugier in Dir stecken kann.

Ich als Dein Großvater spüre, dass die Welt Dir viel zu bieten hat, lieber Aurelius, und dass Du die Fähigkeit hast, das auch zu erkennen und nach all diesen Möglichkeiten zu greifen.

Schon heute bist Du ein Meister darin, Rätsel zu lösen. Wer weiß, vielleicht wirst Du irgendwann sogar einmal auf einem Drachen reiten oder durch die Zeit reisen können.

Und genau deshalb, mein Guter, schreibe ich Dir diese Zeilen. Ich wüsste nicht, wem ich mich sonst anvertrauen sollte, denn niemand versteht mich so wie Du.

Es gibt nämlich eine Geschichte, die ich für die Nachwelt aufbewahren muss. Und Du, Aurelius, sollst meine Schatzkiste sein. Du weißt, dass Großeltern ihre Enkel niemals belügen, und somit hoffe ich, dass Du dem, was ich Dir nun berichten werde, auch Glauben schenkst."

Sahli beugte sich zu Alex hinüber und flüsterte ihm ins Ohr: „Wann geht das denn mal los?"
Alex grinste. „So hat man früher eben gesprochen und geschrieben."
„Pst!", zischte Liv von der anderen Seite, und die beiden Jungs konzentrierten sich wieder auf den Brief.

„Es war vor vielen, vielen Jahren, sehr weit entfernt von diesem Kontinent. Mein Bericht führt Dich in die arabische Wüste, zu einem Beduinenvolk, das dort gelebt hat. Stell Dir also eine endlose Wüste vor, lieber Aurelius. Gelber, feiner Sand, wohin man blickt, und von den weiten Hügeln hinter Deinem Rücken in alle

Himmelsrichtungen bis zum Horizont in der Ferne: nur Sand.“

„Oh, das kann ich mir gut vorstellen. Sehr, sehr gut!“, flüsterte Sahli und Alex sah ihm die Sehnsucht nach seinem Zuhause an.

„Ich war an diesem Ort zu Forschungszwecken. Ein kleiner Hinweis auf einem alten Pergament, das ich im Museum für arabische Kultur entdeckt hatte, verwies auf einen Dschinn-Zauber, der genau hier, in dieser Wüste, stattgefunden haben sollte. Doch da gab es nichts. Nichts außer Sand und Hitze. Plötzlich aber stand ein kleiner Junge neben mir. Er könnte in dem Alter gewesen sein wie du gerade, und hatte zwölf, vielleicht dreizehn Jahre. Wie aus dem Nichts war er aufgetaucht, mit einem Esel an seiner Seite.
‚Steigt auf‘, bat er mich und lachte mich dabei freundlich an. ‚Ich führe Euch zu Wasser.‘

Ich kam mir vor wie in einem Traum. Oder wie eine Fata-Morgana. Doch der Junge war echt. Und sein Esel war echt. Und Du kannst gewiss meine Neugier nachvollziehen, die mich trotz aller Vorsicht auf den Esel steigen ließ.

Einen halben Tag waren wir unterwegs. Der Junge führte mich tiefer und tiefer in die Wüste hinein und allmählich fürchtete ich, dass er mich vielleicht doch ausrauben und im Wüstensand zurücklassen wollte, als ich eine riesige Zeltstadt erblickte. Zwischen zwei größeren Sandhügeln waren gewiss über einhundert Zelte aufgebaut. Rauch von kleinen Lagerfeuern, wie man sie zum Kochen nutzt, stieg dort auf. Ich hörte Kamele blöken und Esel schreien. Und als wir näher herankamen, vernahm ich auch menschliche Stimmen. Der Junge hatte mich zu einem Beduinenvolk gebracht, das mitten in dieser Wüste lebte.

Die Menschen grüßten mich höflich. Von einer Feuerstelle wurde mir ein Tee aus einer alten Kanne heraus angeboten. Doch ich hatte gar keine Gelegenheit, das Angebot anzunehmen, denn der Junge führte mich unermüdlich weiter und mir wurde klar: Er hatte ein festes Ziel. Und noch immer war ich ein bisschen skeptisch, ob es ein guter Gedanke gewesen war, auf den Esel zu steigen und mich hierherbringen zu lassen.

Schließlich blieb der Junge vor einem übergroßen Zelt stehen, dessen Ausmaße beinahe an unsere Häuser hier in Europa heranreichte und dessen Dach aus Hunderten von kleinen Decken und Teppichen bestand.

Während ich noch überlegte, ob ich absteigen sollte, trat ein alter Mann aus dem Eingang. Er war in teure Gewänder gehüllt und hatte einen schmuckvollen Turban auf dem Kopf, mit goldenen Verzierungen im Stoff. ‚Sei gegrüßt', sprach er mich an und erklärte dann: ‚Unsere Älteste hat dein Kommen schon angekündigt. Sie hat deine Reise in der Glut ihres Feuers beobachten können, und Habib geschickt, dich herzuholen.'

Der Junge an meiner Seite, dessen Name ich nun kannte, verbeugte sich tief.

‚Danke, Habib', sagte ich und der Junge verbeugte sich noch einmal.
Ich stieg von dem Esel ab. ‚Und warum habt Ihr mich kommen lassen?'
Mein Gegenüber lächelte, statt eine Antwort zu geben, und bat mich in sein Zelt, in dem alles mit Tüchern und Teppichen ausgelegt war. In der Mitte gab es mehrere Hocker und ein kleines Feuer, auf dem grüner Tee gekocht wurde.
‚Setz dich', sagte der Mann. ‚Setz dich und höre mir zu!'
Ich tat ihm den Gefallen und wollte ihn gerade noch nach seinem Namen fragen, als er auch schon sagte: ‚Man nennt mich Miharbi. Ich bin der Älteste dieses Volkes und ich heiße dich willkommen. Es freut mich, dass du keinerlei Angst zu verspüren scheinst. Ich hoffe, du fühlst dich wohl in unserer Mitte.'
Ich deutete auf den Tee. ‚Bisher werde ich hier sehr freundlich willkommen geheißen', gab ich zur Antwort und konnte sehen, wie sehr sich Miharbi über diesen Satz freute.

‚Ich weiß, worüber du forschst', sagte er. ‚Und ich möchte, dass du eine Geschichte aus meinem Volk aufschreibst und der Nachwelt zuteilwerden lässt.'

Nun war meine Neugier vollends geweckt. ‚Eine Geschichte? Aus eurem Volk?'

‚Wir leben schon seit Jahrhunderten in dieser Wüste und mein Volk hat eine der mächtigsten Dschinn-Familien hervorgebracht, die es je gegeben hat. Aber weil ihr Zauber derzeit ruht, droht alles in Vergessenheit zu geraten. Und deshalb, Korbinian, haben wir dich hierherkommen lassen.'

Natürlich war ich überrascht, dass er bereits meinen Namen kannte, und ich hätte ihn gern gefragt, woher. Doch eine andere Sache beschäftigte mich noch mehr.

‚Eine Dschinn-*Familie*?'

Er lächelte. ‚Damit habe ich dein Interesse geweckt, nicht wahr?'

Da musste ich auch lächeln. ‚Bisher habe ich immer nur von einzelnen Dschinn gehört. Ich weiß zwar auch von weiblichen Dschinn, die nur sehr selten auftauchen ... Aber eine ganze Familie?'

Miharbi goss uns beiden Tee ein, setzte sich aufrecht auf seinen Hocker und begann zu erzählen. ‚Ich wünsche mir, dass du das Wissen auf deinen Wegen weiterträgst. Lass dir berichten von dem verruchten Argus, seiner beklagenswerten Zwillingsschwester Charda und der überaus mächtigen und weisen Ulima.'"

Charda zuckte zusammen. Sie schloss die Augen, lächelte und atmete tief ein. Ihr war, als hätte jemand mit einem lange verschollenen Schlüssel ihr Herz geöffnet. „Ulima", wiederholte sie flüsternd und fügte dann sanft hinzu: „Mama!"
In einer dunklen Ecke des Dachbodenzimmers versteckt hatte Charda jedes einzelne Wort des alten Mannes mit angehört und ihm wie die Kinder um ihn herum gespannt gelauscht. Um nicht entdeckt zu werden, hatte sie erneut ihre Gestalt verändert und sich für ein Versteck entschlossen, von wo aus sie alles gut verstehen konnte.

Als Aurelius zu lesen begann, weckte seine sanfte Stimme in Charda alte Erinnerungen. Das, was der Großvater vorlas, formte sich in Chardas Kopf zu Bildern und sie erlebte alles erneut. Sie tauchte ein.

Tief ein.

In ihre Zeit.

In ihre Welt.

In ihre Familie.

In ihre ganz eigene Geschichte ...

EIN LEHRER IN DER WÜSTE

Sie konnte die weite Sandwüste regelrecht sehen und die Hitze dort spüren. Sie konnte die Kamele blöken und die Esel schreien hören. In Chardas Erinnerung war alles genau so, wie Korbinian es in seinen Aufzeichnungen für Aurelius festgehalten hatte. Allerdings gingen Chardas Erinnerungen noch viel weiter zurück. Ihre Geschichte spielte sich viele Jahrhunderte vor Korbinians Begegnung mit Miharbi ab. Doch in all der Zeit hatte sich nur wenig geändert. Chardas Volk hatte schon damals in einer Zeltstadt in der Wüste gelebt, eine kurze Wegstrecke von einer Oase entfernt.

Hier war sie aufgewachsen. Ihr Spielzeug war der Sand und ihre Spielkameraden waren die weißen Skorpione gewesen, die sie in der Wüste suchte und dressierte. Irgendwann fiel ihr auf, dass sie diese Tiere bunt färben oder sogar fliegen lassen konnte, allein durch ihre Willenskraft.

Ein Tag kam ihr in den Sinn, an dem sie mit einem weißen Skorpion zu ihrem Bruder gelaufen war, ihm das Tier vor die Nase gehalten und gefragt hatte: „Kannst du das auch, Argus?“ Erst hatte sie die eine Schere rot, die andere blau und den Rest des Skorpions so silbern gefärbt, dass das Tier in der Wüstensonne schimmerte und funkelte.

„Gib mal her!“ Ihr Bruder hatte den Skorpion genommen, die Augen geschlossen und sich konzentriert. Im nächsten Moment bellte der Skorpion wie ein Hund und es war das erste Mal gewesen, dass Charda einen überraschten Skorpion sah.

„Will ich gar nicht können!“, hatte Argus daraufhin gemurrt. „So etwas macht mir keine Freude!“

Doch bereits einen Tag danach, als Charda ihren

Bruder suchte, sah sie ihn schon von Weitem, wie er im heißen Wüstensand vor einem der Skorpione hockte und wütend auf ihn einzauberte. Er versuchte wohl, ihn so bunt zu gestalten wie Charda am Tag zuvor. Aber es gelang ihm nicht. Mal hatte der Skorpion Fischflossen, mal fünf Augen, mal wieder keine Beine und schließlich zauberte Argus ihm aus Versehen die Skorpionscheren auf den Kopf, sodass das Tier wie ein Hase mit acht Beinen aussah.
Schließlich schimpfte Argus und fluchte. Charda konnte sehen, wie er den Skorpion nahm und wütend in ein Glas sperrte, das neben ihm lag.
Nun kam Leben in Charda. „Was tust du denn da, Bruder?“ Sie war völlig außer sich. Wenn sie selbst mit Skorpionen spielte und ihre magischen Fähigkeiten an ihnen übte, so bedankte sie sich am Ende des Tages bei den Tieren und gab sie in die Wüste frei.
„Warum schließt du ihn ein?“
„Ich bestrafe dieses unfähige Wüstentier“, knurrte Argus. „Dieses achtbeinige Ungeziefer weigert sich, auf meinen Zauber zu hören.“

Charda wollte ihm das Glas aus der Hand reißen, um den Skorpion zu befreien, doch Argus reagierte blitzschnell und zog es zur Seite.

„Was du sagst, ist Unsinn", protestierte Charda. „Das Tier kann doch nichts dafür, wenn dir dein Zauber nicht gelingt."

Argus sah das anders. „Doch! Das kann es! Es hat sich geweigert. Und was sich weigert, wird von mir weggesperrt!"

„Das ist ungerecht!" Charda wurde lauter.

„Ist es nicht!" Argus wurde noch lauter.

„Doch!"

„Nein!"

Plötzlich unterbrach eine sanfte Stimme die zwei.

„Beruhige dich, Argus. Deine Schwester hat recht."

Charda und Argus drehten sich um und blickten auf ihre Mutter Ulima, die anscheinend eine ganze Weile schon in der Nähe gestanden und alles beobachtet hatte. Sie hockte sich zu den Geschwistern in den Wüstensand, nahm Argus das Glas mit dem goldenen Deckel aus den Händen, zog den Deckel ab und legte

das Glas so auf den heißen Wüstensand, dass das Tier aus dem Glas herauskrabbeln konnte. Der Skorpion schaute sich nur einmal um, dann rannte er, so schnell seine vielen Beine ihn tragen konnten, davon und verbuddelte sich schnell unter einem hellen Stein.
Ulima sah ihren beiden Kindern fest in die Augen.
Charda war wieder einmal fasziniert von den dreieckigen Pupillen ihrer Mutter. Es gab Menschen, die erschraken bei diesem Anblick. Doch Charda fand, dass ihre Mutter dadurch noch faszinierender wirkte. Und sie war glücklich, dass auch Argus und sie wenigstens eine der dreieckigen Pupillen vererbt bekommen hatten.
Ulima hatte ihren Blick jetzt auf Argus gerichtet. „Du kannst nicht einfach wegsperren, was dich im Leben stört“, sagte sie, nun wieder mit sanfter Stimme.
„Arbeite an dir! Du musst deine Stärken kennen und deine Schwächen akzeptieren lernen.“
„Ich will aber keine Schwächen haben!“ Argus verzog das Gesicht. „Schwächen sind was für schwache Leute.
Sollen doch andere Schwächen haben. Ich will keine.“

Ulima musste lächeln. „Jeder Mensch hat Schwächen", versuchte sie ihn zu beruhigen. „Aber jeder Mensch hat auch Stärken. Nur wenn du beides akzeptierst, kannst du dich entwickeln. Denn nur so kannst du gezielt lernen und dich verbessern."

Argus wusste nichts mehr zu sagen. Er blickte unter sich und schmollte.

Ulima legte ihm eine Hand auf die Schulter und da blickte er wieder zu ihr auf. „Ich lerne doch andauernd", sagte er. „Ich übe ganz viel mit meiner Magie. Aber sie scheint störrisch wie ein Esel und flüchtig wie eine Taube zu sein. Ich bekomme sie nicht gepackt. Und wenn doch, entgleitet sie mir." Mit einem kurzen Kopfnicken deutete er auf Charda und sagte dann ganz leise: „Bei ihr ist das nicht so."

Er sagte es so leise, damit Charda es nicht mitbekam. Doch sie hörte ihn. Und sie fühlte mit ihm. Es war tatsächlich so, dass die Magie bei ihr wie von selbst kam, während Argus sich stets abmühen musste, damit seine Zauber wirklich gelangen und auch ihre beabsichtigte Wirkung erzielten.

Ulima blickte von einem Kind zum anderen und wieder zurück. „Vielleicht ist die Zeit gekommen", sagte sie und erhob sich.
„Was meinst du damit?", erkundigte sich Charda.
„Was soll das bedeuten?", wollte auch Argus wissen.
„Vielleicht ist der Zeitpunkt für eure Ausbildung gekommen", erklärte Ulima, wandte sich um und ging zur Zeltstadt zurück.
Argus und Charda sahen sich verblüfft in an.
„Ausbildung?", fragten sie wie im Chor.

Kurz tauchte Charda aus ihren Erinnerungen auf. Aurelius las den Freunden noch immer vor, wie Korbinian in der Wüste die Geschichte um Charda, Argus und Ulima erfuhr. Doch sein Bericht war nicht so ausführlich wie Chardas eigene Erfahrungen. Sie konnte sich wieder an jede Kleinigkeit erinnern und hatte sogar noch den Geruch aus der Höhle in der Nase, in die Ulima sie ein paar Wochen später geführt hatte. Eine Höhle unter einer riesigen Steinformation, mitten im Wüstensand. Fernab der

Zeltstadt. Fernab jeder Oase. Fernab jeder Handelsstraße und jeder Ortschaft des Landes. Dort erfuhren Charda und Argus von Ulima, was ein Einsiedler war, und in dieser Höhle, in der es nach Gestein, Sand und Fledermauskot roch, lernten sie zum ersten Mal einen kennen.

Dunkel war es, als Ulima ihre beiden Kinder hineinführte, und für Fremde war der Eingang zur Höhle kaum zu finden. Man musste sich durch zwei Felsspalten zwängen und unter einer schweren Steinplatte durchkriechen. Danach stand man vor dem Eingang, der gerade so hoch war, dass Ulima aufrecht hindurchgehen konnte. Ein schmaler Gang aus Sandstein führte tiefer und tiefer in die Höhle hinein. Die Dunkelheit, die die drei umgab, war kalt und ließ sie anfangs frösteln. Dann aber wurde die Luft deutlich wärmer. Plötzlich roch es nach Kräutern und Ölen. Und schon bald hatten sie das Innere der Höhle erreicht: ein großer, runder Raum, der mit Decken und Kerzen ausgestaltet war und in dessen Mitte ein Mann im Schneidersitz saß. Mit geschlossenen Augen

und geschlossenen Händen. Alles an ihm wirkte irgendwie verschlossen. Bis er die Augen öffnete und sie mit einem freundlichen, offenen Blick empfing.
„So lerne ich euch also endlich kennen", sagte er zu Charda und Argus gewandt und seine einladende Stimme wurde von den Wänden als leises Echo wiedergegeben. „Ich freue mich sehr."
Ulima verbeugte sich tief vor dem Mann, nahm ihre Kinder an der Hand und trat mit ihnen nah an den Fremden heran. „Charda, Argus, das ist Ibrahim. Der Weise. Der Gelehrte."
„Euer Lehrer", stellte sich Ibrahim selbst vor.
Argus blickte sich misstrauisch um. „Was will der uns denn beibringen?", zischte er kaum hörbar Charda zu. „Wie man sich in Höhlen verkriecht und mit Fledermäusen redet?" Ihm schien es hier überhaupt nicht zu gefallen.
Charda hingegen war völlig fasziniert. Für sie fühlte sich diese Höhle fast wie ein Zuhause an.
Argus bemerkte das und war doppelt enttäuscht.
„Ibrahim", sagte Ulima. „Ich bringe dir meine Kinder,

Charda und Argus. Die Magie in ihnen erwacht nun allmählich. Wie bei einem Rosenstrauch kann man die Knospen schon erkennen, doch um kräftige Blüten daraus zu gewinnen, braucht es einen weisen Gärtner."

Noch immer im Schneidersitz verbeugte sich jetzt auch Ibrahim so tief, dass seine Nasenspitze beinahe den Boden der Höhle berührte. „Es ist mir eine Freude und eine Ehre, dass du mir deine Kinder anvertraust. Lass mich sehen ..."

Er erhob sich von seinem Platz und musterte die Kinder sehr genau.

„Lass mich mit dir beginnen, Charda! Welche Magie magst du?"

Charda lächelte ihn an. „Alles, was mit Tieren zu tun hat."

Ibrahim lächelte. „Kannst du mir etwas zeigen?", fragte er und streckte eine Hand aus. Über ihnen, von der Höhlendecke herab, begann es zu rauschen, dann kam eine Fledermaus herbeigeflogen und hängte sich kopfüber an Ibrahims Ärmel. Sie keckerte mit ihrer überaus hellen Stimme und sah Charda neugierig an.

Charda begrüßte die Fledermaus mit einem Nicken. Dann blickte sie dem Tier fest in die kleinen Knopfaugen und murmelte einen Zauber.
„Ich danke dir", fiepste die Fledermaus daraufhin mit ihrer hellen Stimme. „Das war sehr freundlich." Damit ließ sie sich von Ibrahims Ärmel fallen, flatterte wieder zurück an die Höhlendecke und kurz darauf war erneut ihre Stimme zu hören: „Weg da, das ist mein Schlafplatz!"
Charda strahlte, ihre Mutter strahlte und auch Ibrahim war begeistert. „Das gefällt mir sehr gut, Charda. Danke." Er wandte sich Argus zu. „Und du, kleiner Magier? Welchen Zauber magst du?"
„Ich mag alle Zauber, aber ich mag keine Zuschauer!", gab der Junge widerstrebend zurück.
Ulima wollte einlenken, doch Ibrahim hielt sie davon ab.
„Da habe ich ja Glück, dass ich kein Zuschauer, sondern dein Lehrer sein darf", antwortete er Argus, ohne einen Anflug von Verärgerung. „Magst du mir dann etwas zeigen, mein Junge?"

„Ich kann dich wegzaubern!“, drohte Argus wütend.
„Einverstanden!“
„Oder ich kann dir einen schlimmen Husten anzaubern.“
„Auch in Ordnung!“ Ibrahim verlor weder Gelassenheit noch Sanftmut.
Bloß Argus bekam vor Wut ein rotes Gesicht. „Oder noch Schlimmeres!“
„Gern.“
Der Junge wurde lauter. „Sehr viel Schlimmeres.“
„Lass es mich sehen, ich bin gespannt.“
Argus war nun so aufgebracht, dass er es wirklich versuchte. Er starrte Ibrahim finster an, hob die Hände und murmelte etwas Unverständliches.
Es gab ein ploppendes Geräusch und kurz darauf fiel Ibrahim ein einzelnes Haar vom Kopf. Langsam glitt es zu Boden.
„Na, da bin ich jetzt aber in Aufruhr“, sagte Ibrahim. „Das hast du mir angetan?“
Argus standen Tränen in den Augen. „Das ist nur weil … wegen … weil … wegen …“

Ibrahim ging vor ihm auf die Knie und sprach beruhigend auf ihn ein. „Deshalb bist du hier, Argus. Ich werde dir helfen, ein bedeutender Magier zu werden. Du hast etwas Arbeit vor dir. Du wirst viel üben müssen und du wirst auch viele Enttäuschungen zu überwinden haben. Doch all das wird sich lohnen, Argus. Mit meiner Hilfe und deinem Fleiß wirst du es weit bringen. Wir müssen bloß ein passendes magisches Gegenstück für dich finden."

Argus beruhigte sich tatsächlich. Dass Ibrahim ihn nicht ausgelacht und bloßgestellt hatte, ließ ihn Vertrauen schöpfen in diesen ungewöhnlichen Mann.

„Ein magisches Gegenstück?"

„Etwas, das sich mit Magie füllt und das diese Magie an dich abgibt. Etwas, das du immer bei dir tragen kannst. Etwas, das dich und deine Magie vereint. Das zu dir gehören wird wie deine Augen und deine Hände."

Argus dachte nach. „So wie ein Ring?"

Ibrahim lächelte. „Du magst Schmuck?"

Schnell nickte der Junge.

„Nun, dann werden wir dir etwas Schmuckvolles aussuchen und es zu deinem magischen Gegenstück machen."
Jetzt war Argus begeistert. Neugier und fröhliche Erwartung erfüllten ihn. „Danke!"
Ibrahim nickte kurz, dann blickte er zu Charda. „Und du?"
„Bekomme ich auch ein magisches Gegenstück?", fragte das Mädchen gespannt.
Doch Ibrahim schüttelte den Kopf. „Du bekommst deine erste Aufgabe, Charda. Du musst dich für eine bestimmte Magie entscheiden."
Charda zögerte. „Was bedeutet das?"
„Die Magie, die in dir steckt, ist schon jetzt sehr gewaltig. Doch um sie mit aller Kraft nutzen zu können, solltest du dich auf einen Zauber festlegen."
„Heißt das, ich werde dann nur diesen einen Zauber können? Und nichts anderes?"
Wieder verneinte Ibrahim mit einem Kopfschütteln. „Du wirst auch andere Zauber vollführen können. Aber erst später. Deine wahre Kunst, deine eigentliche

Magie wird dieser eine, gewaltige Zauber sein. Dein Lebenszauber. Wenn du ihn zur Perfektion gebracht hast, kannst du dich um andere Arten der Magie bemühen. Du musst dich nur entscheiden."

Charda zögerte noch immer. „Aber wie denn? Wie kann ich mich für einen Zauber entscheiden, der mich in meinem Leben begleiten soll, wenn ich doch noch gar nicht weiß, was mich alles erwartet?"

„Genau das ist deine Aufgabe. Das ist die Herausforderung."

Damit entließ Ibrahim die Familie aus seiner Höhle und Ulima brachte ihre beiden Kinder nach Hause.

Den ganzen Abend grübelte Charda vor sich hin, während Argus wie ein Wasserfall auf seine Schwester und seine Mutter einredete. Wie begeistert er sei. Und wie wunderbar dieser Ibrahim sei. Und wie stark er, Argus, später einmal werden würde.

Charda dagegen brachte kaum einen Ton heraus. Sie wollte auch nichts essen und nichts trinken. Sie fühlte sich von ihrer Aufgabe überfordert. Wie sollte sie sich nur für einen einzigen Zauber entscheiden?

Als es Zeit zum Schlafen war, ließ sie sich von Ulima in ihre Schlafstatt bringen, doch kaum war die Mutter gegangen, da kroch Charda heimlich unter den Decken hindurch nach draußen. Sie ging einige Schritte in die Wüste und setzte sich in den noch warmen Sand.

Ein Zauber. Ein einziger Lebenszauber. Aber es gab doch so viele Möglichkeiten ...

Sie blickte zum Himmel hinauf, wo die Sterne um die Wette strahlten.

„Unzählige Sterne", murmelte Charda. „Unzählige Möglichkeiten. Ich könnte ja auch nicht einen einzigen Stern aus dieser Vielzahl heraussuchen. Weil ich sie nicht alle kenne. Weil ich doch noch nichts von ihnen weiß. Wie soll ich da bloß ..." Sie stockte.

Etwas bewegte sich am Himmel. Es schien, als drehe sich einer der Sterne direkt über ihr um die eigene Achse. Und dann noch einer, dicht an seiner Seite. Mit einem Mal begannen alle Sterne rund um den ersten zu funkeln und sich von ihren Plätzen zu lösen. Sie flogen aufeinander zu und übereinander hinweg, bis

Charda ein Bild erkennen konnte: Es stellte einen Skorpion dar. Doch da tanzten die Sterne bereits wieder umher und es entstand ein neues Bild.
„Ein Esel“, flüsterte Charda und war schon gar nicht mehr überrascht, als sich die Sterne ein weiteres Mal umformatierten. „Ein Fisch“, murmelte sie dann und kurz darauf „Ein Vogel“ und schließlich „Ein Kamel.“
Als die Sterne sich zum Abschluss wieder an ihren ursprünglichen Platz zurückbegaben, da wurde Charda klar, was sie sich wünschte.
„Ich kenne meinen Lebenszauber.“ Sie blickte an sich herab, konzentrierte sich auf ihre Magie und sah gebannt zu, wie ihr Körper sich verwandelte.
Arme und Beine zogen sich zurück, während sich ihr Rumpf in die Länge zog, und schließlich schlängelte Charda in der Gestalt einer weißen Kobra zurück in ihre Schlafstatt, wo sie sich wieder zurückverwandelte und als das kleine Mädchen einschlief, das sie bisher gewesen war.
Bisher. Bevor sie ihren Lebenszauber kannte und ihren Weg als Magierin antrat.

EINE ENTSCHEIDUNG MIT UNGEAHNTEN FOLGEN

Charda seufzte, denn gerade tauchte sie aus ihrer Erinnerung auf, wie sie sich zum ersten Mal in ihrem Leben verwandelt hatte. Dieser eine Moment, in dem sie zum ersten Mal ihren Lebenszauber ausgeführt hatte und ihre Verwandlungskünste zum Leben erwecken konnte. Dieser Moment hatte etwas Einzigartiges ...

„Aha!"

Sie wurde von Alex' Stimme aus ihren Gedanken gerissen.

„Aha!", rief er noch einmal aus. „Ich hab mich also nicht getäuscht! Charda kann ihre Gestalt verändern."

Er sprang von seinem Platz auf. „Sie ist mir erst als Bim und dann als Kadabra erschienen!“

„Frechheit“, schimpfte Kadabra.

„Unverschämtheit“, pflichtete Bim ihr bei.

„Und das hat sie getan, um dich über Argus auszufragen?“, wunderte sich Liv, die ebenfalls aufgestanden war.

„Aber warum?“, staunte Sally. „Er ist doch ihr Bruder. Müsste sie ihn da nicht besser kennen als wir?“

„Besser kennen schon“, antwortete Aurelius, der weiterhin in seinem Sessel sitzen geblieben war. „Möglicherweise weiß sie nur gar nicht, was in der letzten Zeit geschehen ist.“

„Wieso? Wo ist sie denn gewesen?“, hakte Liv nach.

Aurelius hielt den Brief in die Höhe. „Die Antwort erfahren wir vielleicht von Korbinian. Wir müssten dazu allerdings weiterlesen.“ Er zwinkerte Liv zu, die sich wieder setzte.

Alex aber schritt weiter angespannt durch den Raum, auf die Stehlampe zu. „Und wenn sie gerade hier ist? Wenn sie uns belauscht?“

„In Form einer Stehlampe?“ Liv musste kichern.

„Wieso nicht?“, entgegnete Alex und rüttelte an der Lampe herum. „Das Ding hier war ja schon mal lebendig.“

„Das war aber ganz was anderes“, erklärte Sahli, der bisher grübelnd geschwiegen hatte. „Damals brach hier auf dem Dachboden das Chaos aus, weil Kadabra und ich auf dasselbe magische Gegenstück zugegriffen haben. Nein, Alex, setz dich wieder hin und lass uns zusammen den Rest des Briefes anhören.“

Langsam beruhigte sich Alex wieder. Trotzdem wackelte er noch einmal kurz an der Lampe, bevor er zu den Regalen ging und die Gläser mit den ausgestopften Tieren der Reihe nach durchschüttelte. Erst, als keines eine Regung zeigte, nahm er wieder Platz.

Aurelius wollte gerade weiter vorlesen, als Sahli ihn noch einmal unterbrach.

„Bin ich eigentlich der Einzige, dem der Name auffällt?“, fragte er in die Runde.

„Welcher Name?“, erkundigte sich Sally. „Ulima?“
„Nein, der nicht. Arabische Namen haben ja meistens eine Bedeutung und Ulima zum Beispiel meint ‚die Weise‘. Was sehr gut zu ihr passt, denn sie zeigt sich schließlich auch sehr weise und vernünftig.“
„Wen meinst du denn dann? Charda?“, hakte Liv nach.
Wieder verneinte Sahli. „Charda bedeutet ‚die Ausreißerin‘ und auch das passt ja.“
Alex war ratlos. „Aber welcher Name beschäftigt dich dann?“
„Miharbi“, antwortete Sahli. „Der Korbinian das alles hier erzählt hat.“
„Wieso? Was stört dich an dem Namen Miharbi?“, fragte Liv, doch Aurelius wusste bereits, worauf Sahli hinauswollte. Durch den Brief hatte er den Namen vor Augen und kam daher am schnellsten auf die Lösung.
„Ihr müsst ihn rückwärts aussprechen“, erklärte er.
Alex stellte sich den Namen „Miharbi“ ausgeschrieben vor und verstand augenblicklich. „Ibrahim“, rief er verblüfft.
„Genau!“ Sahli strahlte. „Ibrahim!“

„Aber ...!“ Liv sprang wieder von ihrem Platz auf. „Aber das ist doch der Name des magischen Lehrmeisters!“

„Und Miharbi ist der Mann, der Korbinian die ganze Geschichte erzählt!“, ergänzte Sally und fügte hinzu: „Boah! Ist das dann ein und derselbe?“

Aurelius warf einen Blick auf den Brief in seinen Händen und murmelte: „Dann hat Korbinian also den wahren Ibrahim getroffen.“

Sahli nickte. „Ibrahim bedeutet so viel wie ‚der Lehrer‘ oder ‚der Gelehrte‘ und das passt auch wieder doppelt. Er war der Ausbilder von Charda und Argus. Und gleichzeitig war er auch der Gelehrte, der Korbinian in die Geschichte einweihte. Und weil er die Geschichte rück erzählte, nannte er sich anscheinend Miharbi. So fiel es Korbinian nicht auf, dass er dem wahren Ibrahim gegenüberstand, der bereits damals schon Jahrhunderte alt war.“

Nun hielt es Alex nicht mehr aus. „Lies weiter, Opa! Wir müssen alles erfahren!“

„Alles erfahren!“ Charda in ihrem Versteck war ebenso

gespannt wie Alex. „Auch Charda will alles erfahren“, flüsterte sie und wunderte sich, dass ihr die Namensspielerei um „Miharbi“ nicht selbst aufgefallen war. „Aber das ist nicht schlimm“, raunte sie sich zu. „Charda hat gerade zu viele andere Dinge im Kopf. Vor allem die Sorge um ihren Bruder. Charda muss Argus finden. Er muss sie von diesem Zauber befreien, der Charda hierhergebracht hat.“
Ihr Blick ging noch einmal zu Alex. Vor diesem Jungen musste sie besonders auf der Hut sein. Alle die Kinder, die rund um den Sessel des Großvaters saßen, schienen sehr gescheit zu sein äußerst aufmerksam. Aber der Junge, den sie Alex nannten, hatte ein gutes Gespür. Beinahe hätte er Chardas Tarnung und auch ihr Versteck entdeckt. Charda muss sich hüten, dachte sie noch bei sich, als der Großvater auch schon wieder zu lesen begann und seine Stimme und Korbinians Bericht sie zurück in die Vergangenheit trugen. Auf einen anderen Kontinent, durch die Wüste, in eine Höhle hinein und zu dem Augenblick, an den sich Charda ebenfalls noch sehr gut erinnern konnte.

Wieder stand sie gemeinsam mit Argus Ibrahim gegenüber. Dieses Mal jedoch war der Gelehrte neugieriger und gespannter als seine beiden Schüler.
„Charda", begann er das Wiedersehen daher ohne Umschweife. „Charda, konntest du dich entscheiden? Hast du dir deinen Lebenszauber ausgesucht? Den Zauber, der dich vor allen anderen in deinem Leben begleiten soll?"
Charda blickte Ibrahim fest an. Dann schloss sie, statt eine Antwort zu geben, die Augen, konzentrierte sich auf ihr Innerstes und stellte sich vor, wie ihre Hände und Füße zu Pfoten wurden und wie ihr Körper anschwoll, bis sie sich auf allen vier Pfoten abstützen musste. Sie wünschte sich Fell und einen besonderen Kopf. Und als sie die Augen wieder öffnete, sah sie, wie ihr ein langer Schweif aus dem Rücken gewachsen war, denn nun stand sie als riesige Löwin in der Höhle.
Argus verlor vor Schreck den Edelstein aus der Hand, den er mitgebracht hatte, und wich sogar einen Schritt zurück. Ibrahim aber blieb weiterhin furchtlos

vor Charda stehen und auf seinem Gesicht zeichnete sich seine Begeisterung ab.

„Großartig“, lobte er. Und selbst als Charda ein kräftiges Löwengebrüll von sich gab, zuckte er nicht zusammen. „Wundervoll, Charda! Eine sehr gelungene Verwandlung. Man sieht dir nichts Menschliches mehr an. Du bist wahrhaftig zu einer Löwin geworden.“

Charda ließ noch einmal ihr Löwengebrüll durch die Höhle hallen. Und während die Fledermäuse hoch oben an der Decke erschraken und wild umherflatterten, verwandelte sie sich wieder in ihre Mädchengestalt zurück.

Erst jetzt nahm sie den Applaus ihrer Mutter wahr. Ulima stand hinter ihr und klatschte Beifall. Sie war völlig gerührt.

„Ich wusste, dass meine beiden Kinder etwas Besonderes sind“, sagte sie. „Aber so etwas hätte ich niemals erwartet.“

Argus schaute neidisch auf seine Schwester. Applaus und Freudentränen hatte seine Mutter für ihn bisher noch nie übriggehabt. Es fühlte sich an wie ein Stich in die Magengrube. Und dieser Stich wurde noch schmerzhafter, als Ibrahim sagte: „Charda, ich habe bisher noch niemanden erlebt, der in so jungen Jahren bereits eine solch magische Kraft gehabt hat. Vor allem, weil du an keine magischen Gegenstücke gebunden bist. Du erhältst deine Kraft aus den Sternen. Diese leuchten immer und sie können nicht ausgelöscht oder gestohlen werden. Weißt du, was das bedeutet, Charda? Du bist nahezu unverwundbar. Ich denke, eine große Zukunft liegt vor dir. Ich denke sogar, du wirst schon sehr bald die Großmeisterin des magischen Zirkels werden. Es wird dir leichtfallen, den Zirkel zu leiten und die Magier zu großen Taten zu lenken."

Argus stand vor Entsetzen der Mund offen. Er konnte nicht fassen, was er da hörte. Die Magie seiner Schwester war stärker als seine eigene? Sie sollte eines Tages den magischen Zirkel anführen? Sie? Aber das war doch *sein* Lebenstraum. Seit seine Mutter ihnen beiden davon erzählt hatte, war es Argus' innigster

Wunsch gewesen, diesen Zirkel einmal anführen zu können. Irgendwann einmal. In vielen Jahren. Doch diesem Traum stand nun ein Mensch im Weg: seine eigene Zwillingsschwester.

Während Argus noch völlig fassungslos war, wusste Ulima vor lauter Begeisterung kaum, was sie sagen sollte. „Ist das wahr, Ibrahim?", rief sie aus. Sie kam auf ihre Tochter zugestürzt, kniete sich vor sie und nahm ihre Hände. „Sollte sich das wirklich erfüllen können? Charda, dann wärst du die erste Großmeisterin des Zirkels! Noch nie hatte eine weibliche Dschinn diese hohe Stellung inne. Du könntest unendlich viel erreichen für uns Frauen, Charda!"

Charda schaute ihre Mutter begeistert an und wusste nicht, was sie erwidern sollte. Doch sie wäre auch gar nicht zu einer Antwort gekommen, denn Ulima sprach bereits weiter auf sie ein. „Du kennst meine Geschichte, Charda. Du weißt, wie es mir im Leben ergangen ist. Und meine Hoffnung war immer, dass dir ein ähnliches Schicksal erspart bleibt."

Sie blickte an Charda vorbei zu Ibrahim auf. „Du musst wissen, Ibrahim, dass meine Familie mir verwehrt hatte, meine Magie einzusetzen. Und ich verfüge über die Macht zweier dreieckiger Pupillen. Und du kennst die Bedeutung."

Ibrahim nickte. „Drachenkräfte", antwortete er ruhig.

„Richtig! Magische Drachenkräfte. Mit ihnen hätte ich so viel bewirken können ... Doch mein Vater verbot es mir. Und dessen gesamte Familie. Sogar meine Mutter, die selbst keine Magierin war. Mir war es nicht erlaubt, meine Magie einzusetzen. Nur weil ich ein Mädchen war."

„Hast du es dennoch versucht?", hakte Ibrahim ein. „Heimlich?"

„Die Gefahr war zu groß. Daher hatten mich meine eigenen Brüder mit einem Fluch belegt, der sie gewarnt hätte, wenn ich jemals einen Zauber wagen würde. Und du weißt, was geschieht, wenn magische Fähigkeiten nicht eingesetzt werden?"

Wieder nickte Ibrahim. „Die Magie verwelkt. Sie geht verloren."

„Sie stirbt!“, ergänzte Ulima. „So war es bei mir. Anfangs vermochte ich einem Esel noch die Bockigkeit wegzuzaubern und einem Kamel Wasser in den Eimer zu hexen. Aber auch das schwand. Meine mächtige Drachenmagie verlor sich irgendwann immer weiter, bis nichts mehr von ihr übrig war. Nichts!“ Tränen zeigten sich in ihren Augen. „Ich wurde dann bald verheiratet. An einen Mann ohne jegliche Magie. Er war ein Soldat. Ein Kämpfer, der aus einem seiner Kriege nicht mehr zurückgekommen ist. So blieb ich zurück, mit Zwillingen in meinem Leib. Und du ahnst ja nicht, Ibrahim, wie groß mein Glück war, als ich meine zwei Kinder geboren hatte und beide mit einem dreieckigen Auge auf die Welt kamen. Geteilte Drachenmagie ist noch immer sehr mächtig. Deshalb habe ich sie angelernt. Ich habe Charda und Argus immer dazu angehalten, ihre Magie zu üben. Und sie haben sich daran gehalten. Doch nun ...“

Mit feuchten Augen blickte sie wieder zu Charda. „Doch nun höre ich, dass meine Hoffnungen weit übertroffen werden können. Du, Charda, wirst der Welt zeigen, dass Mädchen und Frauen ebenso mächtig und großartig sein können wie Jungen und Männer. Du wirst als oberste Großmeisterin Zeugnis davon geben, dass es egal ist, ob jemand männlich oder weiblich ist. Einzig der Mensch selbst zählt. Oh, Charda!“ Sie nahm ihre Tochter in die Arme, so ergriffen war sie. „Ich spüre ein Glück wie lange nicht mehr. Du wirst als Frau die Welt der Magier anführen und dabei Großes erreichen, da bin ich mir sicher.“

Nun ging auch Ibrahim vor Charda in die Hocke. „Und ich werde alles tun, um die Hoffnung deiner Mutter zu erfüllen.“

Charda selbst stand vor den beiden und wusste nicht, was sie sagen oder wohin sie schauen sollte. Sie war gerührt. Sie war verschüchtert, aber auch bestärkt. Vor allem aber war sie glücklich.

Argus hingegen wurde von Gefühlen überwältigt, die er bislang nicht gekannt hatte. Er verspürte eine unendliche Wut auf seine Schwester und gleichzeitig eine riesige Enttäuschung über sich selbst. Er hätte

gleichzeitig vor Ärger brüllen und vor Verbitterung weinen wollen. So stand er nun zitternd vor Hilflosigkeit etwas abseits und beobachtete die Szene, die ihn völlig überforderte.
All das nahm Charda in sich auf: die helle Begeisterung Ibrahims, die überschwängliche Freude Ulimas und Argus' feindseligen Groll. Und für all diese unterschiedlichen Gefühle sollte also sie verantwortlich sein. Sie und ihre Magie. Nun brachen diese vielen Eindrücke über sie herein und hinderten sie daran, sich selbst über ihre Fähigkeiten zu freuen. Am liebsten wäre Charda einfach geflohen. Hinaus aus dieser Höhle, den weiten Weg zu ihrer Zeltstadt zurück, um sich dort in den warmen Wüstensand zu setzen und mit ihren weißen Skorpionen zu spielen. Doch ihr war klar, dass sich ihr Leben soeben gewandelt hatte und nie mehr so sein würde wie zuvor. Sie hatte nun die Erwartungen Ibrahims und des gesamten Zirkels zu erfüllen, von denen sie kein einziges Mitglied kannte. Sie musste den Hoffnungen, die ihre Mutter in sie setzte und die so hoch angelegt

waren, dass Charda sie sich nicht einmal vorstellen konnte, entsprechen. Und sie musste mit dem Neid und der Wut ihres Zwillingsbruders zurechtkommen, für dessen Gefühle Charda nicht verantwortlich war, aber für die Argus sie verantwortlich machte.

Noch einmal kamen ihr die weißen Skorpione im heißen Sand in den Sinn. Sie sah sich mit ihnen spielen und ihre ersten magischen Fähigkeiten an ihnen ausprobieren. Und die Sehnsucht nach ihrem bisher so einfachen, leichten Leben wurde noch größer.

DIE LETZTE SEITE DES BRIEFS

Charda wurde es schwer ums Herz. Denn die Gefühle, die sie als Kind überwältigt hatten, überfluteten sie erneut – in dieser dunklen Ecke, in der sie sich verborgen hielt, unter dem Dach eines Hauses, das sie nicht kannte, in einer Welt, in die sie nie geboren worden war, zu einer Zeit, die ihr fremd war und die sie nicht einschätzen konnte. Sowohl damals in der Höhle als auch heute hier in ihrem Versteck fühlte sich Charda so einsam, als sei sie der einzige Mensch im ganzen Universum.

„Die arme Charda", brach es aus Sally hervor und

Charda tat es so gut, das zu hören. „Da hatte sie aber viel auszuhalten als Kind.“

Eine kurze Ruhe entstand in dem Raum, die Charda als Mitgefühl verstand. Dabei hatte Aurelius nur aus Korbinians Bericht vorgelesen, in dem Chardas Gefühlswelt ja kaum beschrieben war. Doch aus den Zeilen war für alle herauszuhören gewesen, unter welchem enormen Druck das Dschinn-Mädchen gestanden hatte.

Alex zeigte auf die restlichen Seiten des langen Briefes. „Wie geht es weiter, Opa?“, fragte er erwartungsvoll. „Was ist aus Charda geworden? Wieso haben wir bisher nie von ihr gehört? Warum haben wir sie nie getroffen?“

Sahli stimmte ihm zu. „Wenn sie den magischen Zirkel hatte anführen sollen, dann müssten wir doch irgendetwas von ihr erfahren haben. Aber bisher ist ihr Name nie gefallen.“

„Es gab auch keine Zeichen von ihr in dem magischen Raum unter der Pyramide“, grübelte Liv und rief sich die vielen mystischen Symbole dort an den

Wänden wieder in Erinnerung. Symbole aus völlig verschiedenen Zeiten.

Alex verzog das Gesicht. „Ich befürchte ja, dass ihr etwas Schreckliches zugestoßen ist."

Sally nickte. „Der Gedanke kam mir auch schon." Sie zeigte auf die Scherben, die auf dem Boden vor dem Regal lagen. „Und ich wüsste gern, wie sie hierhergekommen ist und was dieses zerstörte Glas damit zu tun hat."

Sofort wandten sich alle Aurelius zu. „Bitte lies weiter!"

Aurelius kam Sahlis Bitte sehr gerne nach. Auch er war voller Spannung und Ungeduld. Denn er hatte sich zwar an diesen Brief seines Großvaters erinnern können, aber was genau darin stand, das wusste er schon lange nicht mehr. Er hatte ihn als Kind gelesen, vor langer, langer Zeit, und ihn später sicher aufbewahrt. Doch, dass sein Inhalt einmal so wichtig werden würde, das hatte er als kleiner Junge damals noch nicht ahnen können.

Also hob er den Brief an, suchte die Stelle, an der er aufgehört hatte, und nahm den Faden wieder auf.

„So saß ich dort also in diesem Zelt unter der Wüstensonne und lauschte den Worten meines Gastgebers Miharbi“, schrieb Korbinian.

„Während uns das Essen gebracht wurde, fuhr er in seiner Erzählung fort. Er berichtete mir, wie Charda versuchte, ihrer Bestimmung gerecht zu werden, und wie Argus sich mehr und mehr in seiner Magie verlor. Die Zwillinge lernten sehr eifrig. Sie setzten alles daran, ihre jeweiligen Fähigkeiten auszubauen und zu verfeinern, doch gerade Argus zeigte sich dabei äußerst verbissen. Es verging kein Tag, an dem er ...“

Aurelius’ klangvolle Stimme erreichte auch Charda in ihrem Versteck, doch in Chardas Kopf wurde sie leiser und leiser, denn wieder stellten sich ihre eigenen Erinnerungen ein. Korbinians Worte frischten Chardas Gedächtnis auf. Erneut entstanden Bilder vor ihrem geistigen Auge. Bilder von sich und ihrem Zwillingsbruder. Denn auch sie erinnerte sich sehr gut daran, wie eifrig sie beide an ihren Künsten gefeilt hatten. Insbesondere Argus.

Es verging kein Tag, an dem er nicht bis in die Dunkelheit hinein an seinen Fähigkeiten arbeitete. Kein Tag, an dem er nicht schimpfend in das Zelt der Familie stapfte, weil ihm zwar neue Zauber gelungen waren, diese ihm aber nicht so leicht fielen wie Charda. Argus musste für jeden neuen Zauber, den er ausführen wollte, hart trainieren und immer wieder Enttäuschungen und Rückschläge einstecken.

Bei Charda hingegen schien es, als käme ihr die Magie zugeflogen. Inzwischen konnte sie sich in Sekundenschnelle verwandeln und es machte ihr nur Schwierigkeiten, wenn sie zwei oder mehrere Tiere miteinander kombinieren wollte. Versuchte sie, sich in ein Mischwesen aus Elefantenfüßen, Giraffenkörper und Vogelkopf zu verwandeln, dann musste sie manchmal mehr als einen Tag daran üben und es konnte passieren, dass sie danach starke Kopfschmerzen hatte. Aber solche Dinge hielten sie nicht davon ab, weiter hart an sich zu arbeiten.

Bloß Argus ärgerte sie immer wieder. „Mach doch mal etwas anderes als immer nur Tiere", hatte er schon öfter gefordert. „Verwandle dich in eine Lampe oder einen Korb. Oder einfach in einen Menschen!"

Doch Charda ignorierte ihn. Sich in Gegenstände zu verwandeln, das hatte für sie keinen Reiz. Und die Gestalt anderer Menschen anzunehmen, das machte ihr sogar Angst. Wie schnell hätte es zu Verwechslungen oder Missverständnissen kommen können, mit denen sie viel Unheil anrichten oder sogar Ulima verärgern würde.

Nein! Charda liebte Tiere und sie hatte Freude daran, sich in sie zu verwandeln.

Natürlich gelangen ihr auch ganz andere Zauber – sie konnte Gegenstände durch die Luft schweben lassen oder einem Kamel das Führungsseil wegzaubern –, aber Ibrahim sollte recht behalten: Die Gestaltwandlung war Chardas hauptsächliche Magie.

Die Magie jedoch, an der sich Argus übte, die lehnte sie ab. Lähmungszauber, kleinere Zeitreisen, Unsichtbarkeit oder durch Wände zu gehen, diese Art von Zauber mochte sie nicht. Argus hingegen übte gerade diese Künste mit enormer Leidenschaft. Es brauchte manchmal Wochen und Monate, bis ihm ein solcher Zauber gelang. Aber er kämpfte verbissen daran und ließ nicht davon ab, bis er sein Ziel erreicht hatte. Und dennoch war er stets unzufrieden und ließ seine Wut immer wieder an Charda aus – gerade so, als wäre sie verantwortlich für alles, was in seinem Leben schieflief.

„Dann kam der Tag, an dem sich alles änderte", las Aurelius aus Korbinians Reisebericht vor. Alex stutzte. Sein Großvater hielt doch nur noch eine Seite in den Händen. Nur noch eine einzige Seite! Aber sollten sie jetzt nicht erfahren, was genau mit Charda passiert war und warum nie wieder jemand von Charda gehört hatte? Bevor Alex jedoch etwas sagen konnte, hörte er, wie sein Großvater den Bericht mit den Worten schloss:

„Charda verschwand. Von einem auf den anderen Moment. Sie hätte mit Argus dem magischen Zirkel vorgestellt werden sollen, doch es war dann nur Argus angetreten. Und der berichtete, dass Charda Angst bekommen hätte. Dass sie davongelaufen wäre, aus lauter Sorge, vor dem Zirkel nicht zu bestehen. So erzählte es mir Miharbi. Aber er erzählte mir auch, dass er das keinesfalls glaube. Im Gegenteil: Er hat den Großteil seines Lebens damit verbracht, die Wahrheit herauszufinden. Doch nun sei er zu alt geworden und seine Kräfte würden schwinden. Und deshalb habe er mich rufen lassen. Seine Hoffnung war, dass ich als erfahrener Professor das Rätsel um Chardas Verschwinden lösen könnte.“

Aurelius blickte auf.

„Ist das schon das Ende?“, fragte Alex hastig. Aurelius schüttelte den Kopf.

„Nein“, sagte er grübelnd. „Da sind noch ein paar Zeilen.“

„Nur noch ein paar?“, rief Sally überrascht aus.

„Ein paar Zeilen und seine Unterschrift“, bestätigte Aurelius und las weiter:

> „Das also sprach Miharbi zu mir. Und jetzt gib acht, mein lieber Enkel, mein vorwitziger Nachfolger. Mir ist es nie gelungen, das Rätsel um Charda zu entschlüsseln. Doch vielleicht wird es dir ja gelingen. Sieh dies als mein Erbe für dich an: Löse das Rätsel von Charda. Ich bin sicher, dass du dieser Aufgabe gewachsen bist. Aber bitte: Gib auf dich acht! Alles Gute, Dein Korbinian.“

DAS KAMEL AUS SAND

Charda trafen die letzten Worte bis tief in ihre Magierinnen-Seele. Sie erinnerte sich an diesen besonderen Tag, von dem im Brief die Rede war. Zumindest an einen Teil davon.

Sie schloss die Augen und sogleich kamen auch wieder die Bilder der Vergangenheit in ihr hoch, als sie mit Argus dem magischen Zirkel vorgestellt werden sollte, damit dieser dann über den weiteren Lebensverlauf der beiden entscheiden würde.

So sah sich Charda wieder in Ibrahims Höhle stehen. Neben ihrem Bruder Argus. Sie beide gingen davon aus, dass dies wieder ein Tag voller Unterricht und Fleiß sein würde, so wie schon seit mehreren Jahren.

Regelmäßig kamen sie hierher, um an sich zu arbeiten und unter der Anleitung Ibrahims ihre Fähigkeiten auszubauen. Charda und Argus waren inzwischen dreizehn Jahre alt und sie ahnten nicht, dass dieses Alter entscheidend für ihr weiteres magisches Leben sein würde.

Umso mehr staunten sie, als Ibrahim ihnen an diesem Tag keine neuen Aufgaben auftrug oder seine Lehrstunden fortsetzte, sondern stattdessen erklärte: „Heute werdet ihr nicht lernen. Heute werdet ihr geprüft!"

Die Geschwister wurden augenblicklich blass.

„Geprüft?", fragte Argus entsetzt.

„Worin denn geprüft?", hakte Charda nach.

Ibrahim genoss ihre Verwirrung. „Heute werdet ihr dem magischen Zirkel vorgestellt, um dort eure Fähigkeiten zu präsentieren."

Charda fielen augenblicklich unzählige Übungen ein, die sie sich zwar vorgenommen, für die sie aber keine Zeit mehr gehabt hatte. Und wenn sie die Reaktion ihres Bruders richtig deutete, ging es ihm ebenso.

„Aber ..." Charda wollte etwas erwidern, doch Ibrahim unterbrach sie. „Wir machen uns gleich auf den Weg. Der magische Zirkel wartet nicht gerne."

Wie unter Schock suchte Charda Argus' Hand und spürte sofort, wie ihr Bruder sie dankbar ergriff. Bestimmt hätte er es nie zugegeben, aber Charda konnte spüren, dass auch Argus sich vor dem fürchtete, was nun kommen sollte.

Die gute Laune ihres Lehrmeisters konnte diese Sorgen nicht lindern. „So lasst uns beginnen!" Ibrahim sang diese Worte beinahe, während er sich bückte und mit dem ausgespreizten Zeigefinger einen langen Strich in den Sand seiner Höhle zog.

Charda und Argus sahen ihm gespannt dabei zu, ohne zu ahnen, was Ibrahim damit erreichen wollte. Sie blickten gebannt auf den Strich im Sand, als mit dieser Linie plötzlich etwas vor sich ging. Der Sand begann sich zu bewegen. Er baute sich auf. So als kämen aus der Tiefe des Bodens immer mehr Sandkörner nach oben, füllte sich die Stelle zu einem kleinen Hügel, der aber schon bald die Augenhöhe

Ibrahims erreicht hatte. Wieder rieselte an den Seiten Sand herab, sodass sich eine Kontur ergab. Umrisse waren zu erkennen und schließlich formte sich ein lebensgroßes Kamel aus Sand vor den dreien.
Charda und Argus staunten. Ibrahim freute sich nur noch mehr.
Das Kamel stand erst bewegungslos in der Höhle, dann aber kam Leben in das Tier aus Sand. Es hob und senkte den Kopf, wobei ihm der Sand von der Stirn und dem Hals herabrieselte. Es öffnete sein Maul, als wolle es blöken, doch es gelang ihm kein Ton. Sein Schrei blieb stumm, dafür rieselten ihm wieder Sandkörner von den Lippen herab.
„Bitte aufsteigen", rief Ibrahim und schnalzte laut hörbar mit der Zunge. Das Kamel aus Sand gehorchte augenblicklich. Es verhielt sich genauso wie ein echtes Kamel: Es knickte erst seine vorderen Beine ein und kippte vornüber, danach knickte es die hinteren Beine ein, um sich schließlich langsam auf den Boden zu legen. So konnten Argus und Charda leicht aufsteigen. Ibrahim stellte sich an ihre Seite.

„Kommst du nicht mit uns?“, fragte Charda etwas entsetzt.
Ibrahim schüttelte den Kopf. „Ich bin nicht Teil des magischen Zirkels.“
Das erstaunte sie erst recht. „Wirklich nicht?“
„Ich bin ein Anwärter“, erklärte Ibrahim. „Das heißt, ich hoffe, eines Tages Teil des Zirkels zu sein. Doch noch bin ich zu schwach in meiner Magie und ...“
„Zu schwach?“ Nun riss auch Argus erstaunt die Augen auf. „Du bist der größte Magier, den ich kenne.“
„Danke.“ Ibrahim lächelte. „Aber es gibt Magier, die das anders sehen.“
Argus sah ihn nachdenklich an. „Nur wenn *du* schon nicht angenommen wirst – trotz all Deines Könnens ... Was sollen *wir* heute dort?“
„Ihr sollt die nächsten Anwärter sein. Zeigt ihnen, was ihr könnt, und ihr werdet sehen, was geschieht.“
Argus nickte begeistert. Charda hingegen gefiel das alles gar nicht. Ihr ging das zu schnell. Zu plötzlich. Sie streckte eine Hand nach Ibrahim aus. Ibrahim

ergriff sie. „Glaubt an euch und eure Kräfte", riet er ihnen. Er ließ Chardas Hand los, trat einen Schritt zurück und schnalzte erneut mit der Zunge. Das Sandkamel erhob sich. Erst mit den hinteren Beinen, dann mit den vorderen. Sand fiel von allen Seiten von ihm herab, doch das machte Charda keine Sorgen. Sie blickte vom Rücken des Kamels auf den Eingang zu Ibrahims Höhle und erklärte stirnrunzelnd:

„Da passen wir nicht durch!"

„Was meinst du?", rief Ibrahim ihr zu.

„Der Eingang zur Höhle ist viel zu klein. Da passt das Kamel nicht durch und mit uns auf dem Rücken erst recht nicht."

Ibrahim lachte wieder. „Wer sagt denn, dass ihr dort hindurch müsst?"

Charda blickte ihn überrascht an.

Auch Argus war durcheinander. „Aber du sagtest doch, dass wir zum magischen Zirkel reisen."

Ibrahim nickte. „Und das werdet ihr auch. Allerdings nicht durch den Höhleneingang."

Dieses Mal schnalzte Ibrahim nicht, dieses Mal

klatschte er zweimal in die Hände. Charda hielt sich mit den Händen im Fell des Tieres fest, doch das blieb schweigsam stehen. Erst da fiel Charda auf, dass sich die Höhle veränderte. Zuerst verlor sich ihre dunkle Farbe. Alles um sie herum wurde heller, gelber und schließlich sandfarben. Dann löste sich der Sand auf. Er rieselte an Charda und Argus vorbei, um sie herum, über sie hinweg und unter ihnen hindurch, bis nur noch der hellblaue Himmel sie beide auf dem Sandkamel umgab. Alles andere war verschwunden – sowohl die Höhle als auch Ibrahim. Charda vermisste ihn schon jetzt.

Da spürte sie, wie der Boden wieder in Bewegung kam. Wie eben noch bei dem Kamel schüttete sich erneut Sand von selbst auf. Es bildeten sich kleine Hügel, die schnell heranwuchsen. Sie wurden zu Wänden und zu Decken. Alles rauschte um sie herum und dieses Mal war es Argus, der Chardas Hand suchte. Auch Charda war froh, Argus bei sich zu haben. Aber sie verspürte keine wirkliche Angst. Sie wusste ja, dass dieser Zauber von Ibrahim ausging. Und sie vertraute

ihrem Lehrer blind. Wäre er mit seiner Magie nicht die Ursache für all das gewesen, wahrscheinlich wäre Charda längst geflüchtet.
Doch so beobachtete sie aus einer Mischung aus Faszination und Verblüffung, wie der Sand um sie herum sich aufbaute, glatt wurde und sich immer mehr Wände bildeten. Eine Kammer entstand. Es wurde dunkler und kühler, beinahe wieder wie in Ibrahims Höhle.
Gerade wollte Charda etwas sagen, als sie spürte, dass das Kamel sich unter ihnen auflöste. Der Sand rieselte zu Boden und verschwand in der Erde, bis Charda und Argus allein in der leeren Kammer standen. Es war so still, dass Charda ihren eigenen Atem hören konnte. Und den von Argus.
„Und nun?" Argus versuchte, im Dunkel der Kammer etwas zu erkennen. Doch das war fast unmöglich. Hier schien sich Schatten an Schatten zu schmiegen.
Plötzlich flammten Lichter an den Wänden auf. In den Stein um sie herum waren Fackeln angebracht worden, auf denen nun Flammen herumzüngelten.

Es war ein winziger Raum. Die Luft ließ sich nur schwer atmen und war überaus stickig.
Charda musste laut husten und es entstand ein kurzes Echo, das wie ein Scharren klang.
„Hast du das gehört?“ Argus sah sich skeptisch um.
„Ja. Was war das?“
Er hob die Hand und bat: „Huste noch mal!“
Das fiel Charda bei dieser schrecklichen Luft nicht schwer. Sie atmete ein und hustete lauter als vorher.
Sofort erklang dieses Scharren erneut, ebenfalls lauter als vorher. Doch dieses Mal hatten die Geschwister etwas Weiteres entdeckt: Die Flammen auf den Fackeln waren ins Tänzeln gekommen und ...
„... die Wände!“, hauchte Charda erstaunt.
„Sie haben sich bewegt!“ Argus trat auf eine der Wände zu und legte eine Hand dagegen. Sein Blick ging zu Boden, auf die Streifen im Sand, die ihm bewiesen, dass er sich nicht getäuscht hatte.
„Ist hier jemand?“, rief er aus. Doch es gab keine Reaktion. Keine Antwort und auch keine Bewegung der Wände. Alles blieb still.

„Die Luft wird besser", stellte Charda fest. „Ich kann wieder besser atmen."

Jetzt fiel es Argus auch auf und allmählich fing er an zu verstehen.

„Wir sind in einem magischen Raum", sagte er.

Charda kam auf ihn zu. „Und?"

„Es soll uns hier vermutlich gut ergehen." Argus blickte sich um. „Dieser Raum wird alles tun, damit wir uns wohlfühlen."

„Wie meinst du das?"

Argus trat von der Wand wieder in die Mitte des Raumes. „Gib acht", sagte er. Dann breitete er die Arme aus und erklärte: „Es ist mir zu eng hier!"

Augenblicklich reagierte der Raum. Die Wände zogen sich weiter zurück und die Decke hob sich. Der ganze Raum breitete sich aus. Fünf mächtige Säulen schossen aus dem sandigen Boden empor, um die hohe Decke zu stützen, und aus dem Raum wurde eine riesige Halle.

An einer Seite suchte sich jetzt Wasser seinen Weg durch die Wand. Es schoss in einem Strahl hervor und rauschte zu Boden. Dort bildete sich innerhalb weniger Augenblicke ein Teich, in dem plötzlich Fische umherschwammen. Ein Fisch schaute interessiert aus dem Wasser zu Charda und Argus herauf. Die Zwillinge allerdings wussten vor lauter Begeisterung nicht mehr, wohin sie blicken sollten. Schon bald hatte sich der Raum so weit ausgedehnt, dass das Licht der wenigen Fackeln an den Wänden nicht mehr ausreichte, um ihn zu beleuchten.

„Mehr Licht!“, befahl nun Charda und schon züngelten die Flammen an den Wänden in die Höhe. Gleichzeitig entstanden neue Fackeln. Sie schoben sich aus dem Stein der Wände und der Säulen hervor und ließen ihre Flammen aufscheinen.

Jetzt erst sahen die Geschwister die Zeichnungen an den Wänden. Zum einen unzählige magische Schriftzeichen, von denen Charda und Argus nur die wenigsten kannten. Die meisten dieser Zeichen schienen aus anderen Kulturen zu stammen und die beiden konnten sie nicht entziffern. Doch es gab auch Malereien. Darunter einfachste Strichzeichnungen, wie von einem Kind gemalt, aber dann erblickte Charda das Gemälde eines übergroßen Wesens mit riesigen Beinen, gewaltigen Zähnen und weiten Flügeln, die ihm aus den Schultern ragten. Es sollte wohl ein Monster darstellen, aber Charda erschrak nicht. Im Gegenteil, ihr gefiel dieses Wesen sogar.

„Wo sind wir hier?“, fragte sie leise.

Argus streckte seine Finger nach einer Zeichnung an der Wand aus. „Das muss die Heimat des magischen Zirkels sein“, überlegte er. „Dieser Raum hier ist bestimmt ihr Versammlungsort. Wie sonst sollte man all diese unglaubliche Magie erklären?“

Charda sah sich weiter um. „Und hier soll unsere Prüfung stattfinden?“ Sie bemerkte, dass ihr Bruder bei diesen Worten zusammenzuckte. Anscheinend hatte Argus bei allem Staunen vergessen, warum sie eigentlich hergekommen waren.

Er drehte sich langsam zu ihr um. Mit einem Blick, den Charda nicht zu deuten wusste. Er schien sehr konzentriert zu sein. Anscheinend beschäftigte ihn etwas, das seine ganze Aufmerksamkeit beanspruchte.

„Meine liebe Schwester", sprach er mit einer plötzlich ganz süßlichen Stimme. „Mir geht gerade ein Gedanke durch den Kopf."

„Ein Gedanke?"

„Wie wäre es, wenn wir den magischen Zirkel überraschen?", schlug Argus vor und legte dabei eine unvermittelte Fröhlichkeit an den Tag, die Charda überraschte. War ihr Bruder doch nicht mehr so aufgeregt vor dem, was ihnen gleich bevorstand?

„Wir sollen doch geprüft werden. Aber warum denn nur, was unsere magischen Fähigkeiten betrifft? Lass uns den Magiern zeigen, dass wir zusammengehören! Dass wir gemeinsam doppelt so stark sind. Dass wir zueinander gehören."

Charda war augenblicklich begeistert.

„Aber natürlich", antwortete sie und wunderte sich, dass ihr dieser Gedanke nicht selbst schon gekommen war. Ihr war Argus' Groll auf sie ja nicht entgangen und sie hatte gespürt, dass er neidisch auf ihre besonderen Fähigkeiten gewesen war. Sie hatte natürlich mitbekommen, dass er sich immer mehr von ihr zurückgezogen hatte, um härter und härter an sich selbst zu arbeiten und sie zu übertreffen.

Und sie? Sie hatte ihn in Ruhe gelassen. Hatte akzeptiert, dass Argus eine Wand aus Neid und Skepsis zwischen ihnen aufgebaut hatte.

Nun allerdings schlug er ihr diese wunderbare Lösung vor. Sie beide könnten als Einheit vor den magischen Zirkel treten. Warum auch als Konkurrenten erscheinen, wenn sie gemeinsam auftreten konnten?

Chardas Lächeln wurde heller. „Natürlich!", sagte sie noch einmal, denn diese Idee gefiel ihr mit jeder Sekunde besser. Ibrahim hatte ihr prophezeit, dass sie vielleicht eines Tages Großmeisterin des Zirkels werden könne. Aber warum nicht gemeinsam zusammen mit ihrem Bruder? So wären sie stärker, weiser, mächtiger.

„Das ist ein großartiger Vorschlag, Argus", sagte sie und ging auf ihn zu.

In Argus' Blick legte sich wieder dieser merkwürdige Ausdruck, den Charda noch nie bei ihm gesehen hatte.

Und dann erlosch ihre Erinnerung plötzlich. Argus' Gesicht verblasste und an seiner Stelle erschien der goldene Deckel. Das machte für Charda keinen Sinn. Doch sie fühlte sich schläfrig und erschöpft. Was war nur mit ihr geschehen? In ihrer Erinnerung hörte sie noch Argus' Stimme. Bestimmt versuchte er ihr zu helfen. Sie konnte sich nicht mehr erinnern.

Alles, was sie gerade auf dem Dachboden des Großvaters verspürte, war Enttäuschung und Wut. Sie würde hier nicht erfahren, was mit ihr geschehen war. Nein, es gab nur eine Lösung für sie: Sie musste Argus finden. Er wusste ganz sicher, was vorgegangen war, damals in der magischen Höhle. Und er wusste sicher auch, was nun zu tun war, um Charda aus ihrem Unglück zu befreien.

„Argus", flüsterte sie noch einmal. Und sie spürte, wie ihr eine Träne über das Gesicht lief.

ERWISCHT UND AUFGESCHRECKT

„Unglaublich!“

Während Charda in Gedanken noch einmal den folgenreichen Tag durchlebte, an dessen Ausgang sie sich nicht mehr zu erinnern vermochte, waren auf dem Dachboden fast alle Augen auf Aurelius gerichtet, der seinen Blick nicht von den letzten Zeilen des Briefes abwenden konnte. Er starrte auf das Wort „Erbe“ und sagte leise: „Ich habe es nie geschafft. Dieses Erbe war wie ein Fluch für mich, denn ich habe niemals etwas über Charda finden können. In keinen Aufzeichnungen, in keinen Erzählungen, in keinen Symbolen oder Bildern. Als hätte es sie nie gegeben. Irgendwann gab ich schließlich auf." Er seufzte. „Da hatte mir mein Großvater ganz schön was zugemutet."

„Zugetraut, würde ich sagen", widersprach Alex und Aurelius lachte.

Sahli schnippte mit dem Finger in die Luft. „Es gibt sie: Charda!", rief er aus. „Und wir werden sie finden."

Alex legte seinem Großvater eine Hand auf die Schulter, während alle um ihn herum zustimmend nickten. „Ich glaube, wir sind ganz nahe an ihr dran. Und ich bin mir sicher, dass wir das Rätsel um sie gemeinsam gelöst bekommen."

Aurelius blickte auf. „Denkst du?"

„Na ja, wenn es sich wirklich um Charda handelt, die uns hier begegnet ist, weil sie Argus sucht, dann haben wir doch eine heiße Spur, oder? Außerdem können wir ..."

Weiter kam er nicht, denn plötzlich sprang Bim laut piepsend in die Luft, als habe sie einen fürchterlichen Schluckauf. Die Freunde wussten allerdings sofort, was wirklich mit ihr los war. Kadabra fing Bim mit zwei Pfoten auf und schon im selben Moment erstarrte die Maus. Die Ohren spitzten sich, die Schnurrhaare spannten sich kerzengerade und auch Arme und Beine streckten sich, als sie fiepte: „Das ist unglaublich. Schaut doch nur! Silber…“

Da war es Aurelius, der aufsprang. „Oh nein!“, rief er aufgebracht und eilte an den Freunden vorbei. „Die Aufzeichnungen des Grafen Tullius von Spötterwien!“

Alle wandten sich um und sahen, wie eines der vielen Bücher in den Regalen zu brennen begann. Alex hechtete hervor und zog das Buch aus dem Regal und warf sich auf die Flammen.

„Alex!“ Nun war sein Großvater gleich doppelt in Sorge. Doch Alex blickte schon zu ihm auf und lachte ihn an. „Alles gut“, sagte er

und erhob sich. „Mir ist nichts passiert und deinem Grafen-Buch auch nicht."
Er hob es in die Höhe und pustete das letzte bisschen Glut, das noch an den Ecken züngelte, mit einem kräftigen Atemzug aus. „Die Flammen waren ja noch sehr klein. Schau! Ihm ist nichts geschehen."
Aurelius hob das Buch in die Höhe und nahm es so vorsichtig in seine Arme, als ob es sich um ein neugeborenes Kind handelte.
Alex wandte sich unterdessen seinen Freunden zu: „Was war das denn?"
„Bim hatte eine Vision", erklärte Kadabra, die Bim noch immer in ihren Pfoten hielt. Auf eine Weise, die Aurelius' Art, sein Buch zu schützen, sehr ähnelte.
„Das ist mir schon klar", antwortete Alex und deutete auf Bim, die bereits wieder zu sich kam. „Aber Silber? Was hatte sie mit Silber gemeint?"
Sally drehte sich zu Aurelius. „Hast du etwas aus Silber in diesem Raum?"
Aurelius brauchte gar nicht lange nachzudenken. „Natürlich! Magische Gefäße, Trinkbecher, Ringe,

Ketten, Kugeln, Münzen und vieles mehr. Das würde einige Zeit in Anspruch nehmen, bis ich alles zusammengetragen habe."

Sahli schüttelte den Kopf. „Ich glaube nicht, dass das nötig ist. Ich denke vielmehr, dass wir ..."

„Da!", brüllte Alex. „Habt ihr das auch gesehen? Das ist unglaublich. Schaut doch nur! Silberblick!" Er zeigte mit ausgestreckter Hand zu dem Schrank vor dem geheimen Zimmer des Großvaters. Sofort kamen alle angerannt.

„Was ist denn los?"

„Der Dachs!" Alex konnte es immer noch nicht ganz glauben. „Der Dachs auf dem Schrank. Ich habe ihn mal ‚Silberblick' getauft, weil seine künstlichen Augen völlig schief aufgeklebt wurden."

„Was?"

„Wie?"

„Aber wieso ist das wichtig?"

Die anderen verstanden nicht, worauf er hinauswollte. Erst, als der vermeintlich ausgestopfte Dachs mit den Augen zwinkerte, schrien auch sie auf.

„Wie ist das denn möglich?“
In dem Moment riss der Dachs den Kopf herum und sprang mit einem großen Satz vom Schrank herunter.
„He!“, schrie Alex noch, doch da war der Dachs auch schon aus dem Raum verschwunden und hastete die Treppenstufen hinab.
„Das ... das ... das was Charda!“ Sahli sprach aus, was alle vermuteten. „Sie ist noch immer hier.“

„Sie war die ganze Zeit über hier", verbesserte ihn Alex. „Und sie hat uns belauscht und alles mitbekommen."
Aurelius pochte aufgeregt das Herz. „Alex, nun glaube ich auch, dass die Möglichkeit besteht, das Rätsel um Charda zu lösen."

Charda hechtete die Treppen hinunter, als sei ein Geist hinter ihr her. Sie nahm gleich zwei Stufen auf einmal, doch dann blieb sie mit einer Kralle hängen und knallte auf die Treppe. Stufe um Stufe stürzte sie den Rest der Treppe hinab, bis sie auf dem Boden im Flur liegen blieb. „Autsch!"
Warum hatte dieser Alex auch genau in dem Moment zu ihr geschaut, als sie blinzeln musste? Ihr Versteck auf dem Schrank war perfekt gewesen und ihre Tarnung als ausgestopfter Dachs genial. Niemand hätte sie dort vermutet oder erkannt. Wenn sie eben nicht geblinzelt hätte.
Von oben hörte sie Schritte herunterkommen. In ihrer Dachsgestalt rannte Charda aus der Haustür hinaus

und in den Garten, in dem sie sich schon einmal versteckt hatte.

Oma Ilse trat aus der Küche in den Flur.
„Huch!“ Vor Schreck fiel ihr die Kaffeetasse aus der Hand. „Ein Dachs?! Seit wann gehen denn bei uns Dachse ein und aus?“ Sie blickte die Treppe hinauf.
„Aurelius!“, rief sie noch, als auch schon Alex an ihr vorbeisputete „He!“, beschwerte sich Oma Ilse.
„Was ...?“
„War hier ein Dachs?“, hechelte Alex atemlos.
„Ja, er kam die Treppe herab und ist raus gespr...“
Alex spurtete los. Die Treppenstufen hinunter. Liv und Sally folgten ihm.
„Haustür oder Terrassentür?“, fragte Alex seine Oma atemlos.
„Was?“
„Ob der Dachs aus der Haustür raus ist“, rief Liv.
„Oder aus der Terrassentür“, ergänzte Sally.
Beide standen nun ebenfalls völlig hektisch auf der Treppe.

Oma Ilse wurde wütend. „Was ist denn hier los?", schimpfte sie. „Was habt ihr alle nur? Und wo kam der Dachs her?"
„Nein, Oma", wiedersprach Alex. „Die Frage ist nicht, wo kam er her, sondern wo ist er hin."
Oma Ilse verschränkte die Arme vor der Brust. „Ich sage gar nichts mehr", grummelte sie. „Bis mir endlich jemand erklärt, was hier los ist. Und wenn das nicht gleich passiert, mach ich kein Abendbrot für euch. Ich streike!"
Alex und den Zwillingen wurde klar, dass sie hier nichts erreichen konnten.
„Los, Alex!", befahl Sally. „Du nimmst die Haustür, wir nehmen die Hintertür!" Und schon rannten die Mädchen los.
Alex überlegte noch, ob er Oma Ilse irgendwas sagen sollte, doch dafür drängte die Zeit zu sehr. Charda durfte ihnen nicht entwischen.
„Entschuldigung, Oma!", brachte er noch hervor, dann spurtete auch er aus dem Haus. Die Stimme seiner Großmutter verfolgte ihn bis auf die Straße:

„Also, Frühstück gibt's morgen auch keines! Unverschämtheit, mich hier einfach so stehen zu lassen."

„Opa Aurelius wird das schon richten", murmelte Alex. Seine Großmutter tat ihm leid, aber er musste Charda finden!

Bloß: Wo?

Während sie drinnen Korbinians Bericht gelauscht hatten, war es draußen dunkel geworden. Die Straßenbeleuchtung war zwar eingeschaltet, doch die Vorgärten der Häuser in dieser Straße waren allesamt in nächtliches Schwarz gehüllt. Charda hätte sich überall verstecken können.

„Vielleicht schaut sie uns gerade zu", sagte Sahli atemlos, der hinter Alex aufgetaucht war.

Alex wandte sich zu ihm um. „Wir müssen sie finden!"

„Unbedingt!" Sahli griff in seine Hosentasche und zog die Zauberkugel hervor, die er am Nachmittag winzig klein chamälisiert hatte. Er nickte ihr zu und sie begann zu erstrahlen. Wie eine starke Taschenlampe warf sie ein helles Licht in die Straße. Lange Schatten

entstanden. Schatten, in denen sich Charda wiederum versteckt halten konnte.
Die zwei Freunde gingen einige Schritte die Straße entlang und blickten sich dabei immer wieder nach allen Seiten um.
„Hast du nicht einen anderen Zauber, der uns hilft?“, fragte Alex.
Sahli dachte nach. „Ich kann alles unsichtbar machen, was kein Mensch und kein Tier ist“, schlug er vor. „Dann können wir überall hineinschauen und dadurch ließe sich Charda vielleicht aufspüren.“
Alex strahlte mit der Taschenlampe um die Wette. „Das geht?“
Sahli schloss die Augen und konzentrierte sich.
Alex staunte wieder einmal, wie leicht Sahli seine Fähigkeiten von der Hand gingen, seit alle weiße Magie des magischen Zirkels auf ihn übergegangen war. Wenn er bisher schon ein starker Magier gewesen war, kamen seine Fähigkeiten jetzt bestimmt einem Großmeister gleich.
Und tatsächlich! Mühelos ließ Sahli seinen Zauber

entstehen und das Licht der Lampe zog sich zurück, bis nur noch die Kugel selbst erstrahlte. Dann plötzlich lösten sich die Dinge um sie herum auf. Büsche, Bäume, Zäune und Autos wurden unsichtbar. Auch Häuserwände verschwanden. Alex konnte die verschiedenen Nachbarn seiner Großeltern beobachten, wie sie gerade dabei waren, zu essen oder fernzusehen, zu streiten oder die Garage aufzuräumen. Das war ihm allerdings sehr unangenehm. Er kam sich vor wie ein Dieb, der ungefragt in die Häuser der Menschen eindrang. Also konzentrierte er sich ganz auf die Gärten.
Hinter einem Gebüsch, ihnen direkt gegenüber, lag eine Katze zusammengerollt im Schlaf. Zwei Grundstücke weiter war ein Hund mit Eifer dabei, etwas im Vorgarten zu vergraben. Unter einem der Nachbarautos sah er einen Marder, der an einem der Kabel knabberte, und hinter einer Gartentonne saß eine dicke Ratte, die offensichtlich Angst vor der schlafenden Katze hatte, denn sie kauerte in einer Ecke und wirkte verängstigt.

„Kein Dachs!“, stellte Alex fest.

„Kein Dachs“, stimmte Sahli ihm zu.

In dieser Sekunde kamen die Zwillinge auf die beiden zugerannt.

„Kein Dachs!“, rief Sally schon von Weitem und scheuchte damit die Katze aus ihrem Schlaf, denn die sprang auf alle viere und fauchte die Freunde an. Das erschreckte anscheinend auch die Ratte in ihrer Ecke, denn sie sprang hervor und stürzte die Straße hinunter, ohne sich noch einmal umzusehen.

„Was ist denn das?“, staunte Liv und jetzt bemerkte Sally es auch. „Wir können ja überall reinschauen!“

Sahli beendete den Zauber. Bäume, Büsche, Zäune und Wände wurden wieder sichtbar und Sally zog eine Schnute. „Wie schade! Ich wollte noch ein bisschen gucken!“

Sie hatte offenbar kein schlechtes Gewissen, den Nachbarn in die Häuser zu schauen.

Oder ihre Neugier ist einfach viel größer als meine, grübelte Alex.

„Und jetzt?“, fragte er in die Runde.

Charda stürzte die Straße hinunter, ohne sich noch einmal umzusehen. Ihr war bewusst, dass sie gerade großes Glück gehabt hatte. Fast hätten die beiden Jungs sie entdeckt und nur in letzter Sekunde war es ihr gelungen, ihre Dachs-Tarnung gegen das Aussehen der Ratte einzutauschen. Sie staunte über die Fähigkeiten des Jungen, den sie Sahli nannten. Obwohl er noch sehr jung war, schien er ein großer Magier zu sein.
„Sahli!", sprach Charda aus. „Ein arabischer Name!"
Doch bevor sie weiter darüber nachdenken konnte, witterte ihre Nase etwas. Charda blieb augenblicklich stehen.
Wenn sie sich in Tiere verwandelte, übertrugen sich auch deren Fähigkeiten auf sie. Mit ihrer Rattennase hatte sie etwas aufgeschnappt. Ein ganz feiner, beinahe verwehter Geruch. Nur noch hauchdünn hing er in der Luft. Charda war sofort klar, um wessen Geruch es sich da handelte.
„Argus!", stieß sie hervor.
Er musste hier gewesen sein. Vor einiger Zeit. Gerade

so lange, dass eine feine Rattennase noch eine letzte Spur seines Geruches wahrnehmen konnte. Charda hob ihre Rattennase und konzentrierte sich.
Ja, da war eine Spur zu erriechen und Charda orientierte sich daran, wie an einer unsichtbaren Schnur. Mit hoch erhobener Nase ging sie weiter die Straße hinunter und erreichte schließlich ein Feld. Charda folgte weiter dem Geruch, ging dabei quer über das Feld und gelangte so auf einen schmalen Weg. Hier vernahm sie Argus' Geruch sehr intensiv. Charda schnüffelte sich ein Stück weiter den Feldweg entlang, bis sie eine kleine Brücke erreichte. Es war eine Straßenbrücke, die über den Feldweg führte. Die Pfeiler zu beiden Seiten bestanden aus Beton, der von Wasserspuren gekennzeichnet war. Der Wind sauste um sie herum und dennoch konnte Charda ihn sehr gut wahrnehmen, diesen Geruch nach ihrem Bruder.
„Er war hier", hauchte Charda. „Charda ist sich ganz sicher. Argus hat sich hier versteckt."
Sie blickte sich noch einmal um, bevor sie die Augen schloss. Im gleichen Moment zog sich die lange

Rattennase zurück, aus den Pfoten wurden Hände und Füße und ihr Rattenkörper zog sich in die Länge. Charda nahm wieder ihre eigentliche Form an. In ihrer Menschengestalt trat sie auf den Feldweg und blickte noch einmal zurück zu der Straße, aus der sie gekommen war. Die Straße, in der Sahli mit seinen Freunden lebte. Die Straße, in der sie sich Antworten auf all ihre Fragen erhoffen konnte. Die Straße, die sie erneut aufsuchen musste. Mit einem Plan. Sie musste ihr Vorgehen überdenken und dann erneut zuschlagen.
Morgen.

IN EINER FREMDEN ZEIT GEFANGEN

„Morgen!“ Oma Ilses Stimme riss Alex mit der Wucht einer Baggerschaufel aus seinen Träumen.

„Was?“

„Zeit fürs Frühstück“, rief Oma Ilse die Treppe hinauf. Alex war überrascht. „Wie? Es gibt doch Frühstück?“, ulkte er nach unten. Als sein Blick dann aber auf seine Uhr fiel, war er doppelt überrascht. „Ist nicht wahr! Schon so spät?!“, fluchte er, sprang in seine Klamotten und rannte hinunter in die Küche. Dort duftete es bereits herrlich.

„Dein Großvater hat mir alles erzählt“, sagte Oma Ilse. „Setz dich und iss tüchtig. Ihr müsst bei Kräften sein, wenn ihr diese Charda fangen und ihr Geheimnis lüften wollt."

Alex schaute zu Aurelius, der mit einem zufriedenen Lächeln am Tisch saß. Es gab Waffeln mit Sahne. Zum Frühstück! Das zauberte auch Alex ein Lächeln ins Gesicht.

„Danke!"

Er setzte sich zwischen Liv und Sally.

„Wo ist Sahli?", erkundigte er sich bei den Zwillingen und schob sich ein großes Stück Waffel in den Mund.

„Er erklärt Huo die Situation", war Livs Antwort. „Der Drache versteht nicht, wieso sie nicht schon längst unterwegs sind, um vielleicht wieder jemandem zu helfen."

Alex hörte auf zu kauen. Zu gern würde er Sahli einmal begleiten bei einer seiner geheimen Missionen. Aber jetzt hatte er andere Sorgen. „Warum habt ihr mich nicht früher geweckt? Wir müssen doch Charda ausfindig machen."

„Wo denn?", fragte Liv.

„Wie denn?", entgegnete Sally und Aurelius fügte an:

„Wir haben ihre Spur ja verloren. Und wissen nicht einmal, wo wir überhaupt beginnen sollten mit einer Suche."

„Und jetzt?", fragte Alex ungeduldig.

„Ich dachte, wir beide könnten uns in mein Forschungszimmer begeben. Vielleicht finden wir dort etwas, das uns weiterhilft."

Alex nickte. „Das ist eine gute Idee!" Er wandte sich an die Zwillinge: „Und ihr?"

„Wir wollten euch ja eigentlich helfen. Aber Oma bekommt doch heute eine ihrer Spritzen gesetzt und möchte nicht allein zum Arzt. Deshalb fahren wir mit ihr."

„Das ist nett", antwortete Alex. Am liebsten wäre er ja sofort rausgerannt und hätte mit der Suche nach Charda losgelegt. Aber die anderen hatten natürlich recht: Das machte keinen Sinn.

„Bim und Kadabra sind übrigens unterwegs, um eine Spur von Charda zu finden", versuchte Aurelius seinen Enkel aufzumuntern. „Denn falls Charda sich auf ihrer Flucht in ein ungewöhnliches Tier verwandelt

hat, ist sie anderen Tieren vielleicht aufgefallen. Kadabra hört sich mal ein wenig in der Nachbarschaft um."
„Guter Gedanke", antwortete Alex und nickte. Trotzdem wäre es ihm lieber gewesen, er könnte selbst aktiv werden. Nachdenklich steckte er sich ein weiteres Stück Waffel in den Mund, das ihn allerdings auch nicht so wirklich trösten konnte.

Auch Charda war untröstlich. Sie hatte eine fürchterliche Nacht hinter sich. Diese Welt, in der sie erwacht war, die mochte sie einfach nicht. Alles hier war so laut und unruhig. Die ganze Nacht hindurch waren immer wieder Fahrzeuge über die Brücke gefahren. Fahrzeuge, die wie magisch von allein fuhren. Ohne Pferde, Esel oder Kamele, die sie zogen. Doch Charda hatte schnell verstanden, dass es sich da nicht um einen Zauber handelte. Im Bauch dieser Fahrzeuge schien es grollende, brummende Maschinen zu geben, von denen sie angetrieben wurden. Solche Fahrzeuge gab es anscheinend auch

am Himmel. Mit blinkenden Lichtern flogen sie weit oben in den Wolken über ihren Kopf hinweg. Charda musste zugeben, dass sie das alles sehr faszinierend fand, aber eben auch sehr verstörend.
Nun rieb sie sich den letzten Schlaf aus dem Gesicht und lauschte auf ihren Magen, der laut vor Hunger knurrte.
„Chardas erster Hunger seit Jahrhunderten", dachte sie und beschloss, sich nach etwas Essbarem umzusehen. Zur Tarnung verwandelte sie sich in eine Katze und rannte über die kleine Straße und durch das Feld in Richtung der Häuser zurück. Eine dicke Maus mit runden Ohren schaute völlig verwirrt aus ihrem Mauseloch. Sie erkannte zwar, dass Charda keine echte Katze war, aber sie konnte sich nicht erklären, warum Charda trotzdem genauso aussah und sich genauso bewegte.
Charda hielt kurz inne und betrachtete die Maus nachdenklich. Für einen Moment überlegte sie noch, doch dann ...
„Nein!", stieß sie angeekelt aus. „Charda kann laufen

wie eine Katze, schnurren wie eine Katze und jagen wie eine Katze. Aber Charda möchte nicht fressen wie eine Katze. Charda braucht Essen für Menschen."
Sie wandte sich von der Maus ab und sprang davon.
Die Maus allerdings sah Charda noch einige Zeit hinterher, bevor sie wieder in ihrem Mauseloch verschwand, um sich unter der Erde weiter über diese merkwürdige Katze zu wundern.

Schließlich erreichte Charda den Ort. Sie machte einen weiten Bogen um die Straße, in der sich das Haus dieses Aurelius befand. Mit hungrigem Magen wollte sie ihm und den Kindern nicht begegnen.

Da tauchte vor ihr eine Familie auf, ein Elternpaar mit ihren zwei Töchtern, die gerade die Straße entlanggingen, als eines der Mädchen rief: „Oh, da vorn ist eine Bäckerei! Kann ich ein Schokobrötchen bekommen? Ich habe solchen Hunger!"

Wunderbar, freute sich Charda. Diese Familie würde sie also sicher an einen Ort führen, wo es etwas zu essen gab.

Während sie ihr folgte, wusste Charda nicht, wohin

mit ihren Blicken. Diese Welt hier war völlig anders als ihre eigene. Grüner, lauter, enger, hektischer. Und immer wieder diese Fahrzeuge. Nein, Charda gefiel es hier ganz und gar nicht. Sie sehnte sich nach ihrer Wüste zurück, doch sie hatte keine Ahnung, wie es ihr gelingen sollte, wieder dorthin zurückzugelangen. Ob ihre Magie ausreichend würde, um sich nach Hause zu wünschen?

„Charda ist verflucht!“, zischte sie wütend. „Und dieser Fluch verhindert, dass Charda nach Hause kann. Charda muss Argus finden. Er wird wissen, was zu tun ist.“

Sie verstummte, als die Familie in ein Haus mit sehr großen Fenstern eintrat, aus dem es köstlich duftete. Charda pirschte sich näher heran. In den riesigen Fenstern waren lauter Leckereien ausgestellt. Charda blickte auf gebackene Brote in den verschiedensten Sorten und Größen, und auf Gebäck, wie sie es noch nie gesehen hatte. Das Wasser lief ihr in der Katzenschnauze zusammen und ihr Magen grummelte noch lauter als zuvor.

Charda lief um die Ecke, vergewisserte sich, dass auch niemand sie beobachtete, und verwandelte sich wieder in ihre Menschengestalt. So betrat sie das Haus mit den Köstlichkeiten.

Sie beobachtete ganz genau, wie die Familie vor ihr sich benahm. Sie zeigten auf einige der Leckereien und die Frau, der das Haus offenbar gehörte, steckte alles in eine raschelnde Tasche und gab es der Mutter, die daraufhin der Frau bunte Zettel in die Hand drückte.

Charda staunte. Bei ihr zu Hause hatte man mit Münzen bezahlt. Oder mit Schmuck. Oder man hatte Dinge getauscht. Bunte Zettel waren ihr fremd. Und vor allem: Sie besaß gar keine bunten Zettel.

Die Familie vor ihr bedankte sich herzlich bei der Frau und wandte sich bereits zum Gehen um, als sie alle vier überrascht stehen blieben und Charda von oben bis unten erstaunt musterten. Charda verstand erst nicht, doch dann wurde ihr klar, dass sie mit ihrem orientalischen Kleid und dem goldenen Schmuck sicher merkwürdig auf die Leute wirken musste, deren

Kleidung sich völlig von ihrer unterschied. Charda beschloss, die Blicke der Familie zu ignorieren, und wandte sich der Verkäuferin zu, die sie allerdings ähnlich ungläubig anstarrte.

„Guten Morgen. Kann ich Ihnen helfen?", fragte sie dennoch höflich.

Charda auf eines der Brote. „Das möchte Charda haben."

„Gern", sagte die Verkäuferin, der es schwerfiel, den Blick von Charda abzuwenden. Sie steckte das Brot in eine der raschelnden Taschen und fragte: „Sonst noch etwas?"

Charda zeigte auf eines der winzigen Brote. „Und das möchte Charda auch haben."

„Natürlich, gern", sagte die Verkäuferin. „Diese Charda, die Sie da kennen, scheint ja einen großen Appetit zu besitzen."

Charda verstand die Worte nicht, daher gab sie keine Antwort.

Die Verkäuferin war kurz enttäuscht, dass ihr Versuch, ein lockeres Gespräch mit dieser ungewöhnlichen

Frau zu beginnen, erfolglos blieb. „Das macht drei Euro und fünfzig."

Charda horchte auf. Auch in ihrer Heimat, auf den Märkten in der Wüste oder in den Städten, wurden Beträge genannt, sodass man mit dem Verkäufer handeln konnte.

„Zwei, fünfzig!", antwortete sie daher aus reiner Gewohnheit.

Die Verkäuferin stutzte. „Was?"

„Zwei, fünfzig", wiederholte Charda und fand, dass sie da ein gutes Angebot machte. „Dann kannst du sagen drei und wir sind uns einig."

Die Frau zog die raschelnde Tüte zurück. „Drei? Einig? Was?" Sie schüttelte sich. „Wir sind doch hier nicht auf dem Basar. Ich bekomme drei Euro und fünfzig."

„Charda hat keine drei Euro und fünfzig."

Nun war die Laune der Verkäuferin endgültig verflogen. „Dann sagen Sie doch Ihrer Bekannten, dass sie selbst vorbeikommen soll. Wir beide kommen so nicht ins Geschäft."

„Bekannten?“

„Na, dieser Charda, von der Sie die ganze Zeit reden.“

Charda blickte verstört auf die Frau. „Aber Charda ist doch hier.“

„So?“ Die Frau schaute aus den Fenstern. „Wo denn? Draußen? Dann bitten Sie sie doch herein. Mit ihr kann ich vielleicht besser sprechen als mit Ihnen.“

Nun war Charda klar, dass diese Verkäuferin verrückt war. Sie wäre am liebsten gegangen, doch ihr knurrender Magen hielt sie davon ab.

Also zog sie schweren Herzens einen ihrer goldenen Ringe vom Finger. „Willst du tauschen?“, fragte sie und brachte damit die Verkäuferin nur noch mehr gegen sich auf.

„Was soll ich denn mit so einem billigen Schmuck?“

„Billig?“ Charda riss die Augen auf. „Das ist echtes Gold und ...“

„Ja, klar! Echtes Gold. Und ich bin die Königin von Saba!“

Nun staunte Charda erst recht. „Wirklich? Und da arbeitest du hier?“

Die Verkäuferin ließ die Schultern hängen. „Sie sind verrückt."
„Nein, du bist verrückt!"
„Wie können Sie nur!"
Charda gab auf. Mit einer völlig verrückten Königin zu verhandeln, die nicht mal die einfachsten Basar-Regeln beherrschte – das hatte wirklich keinen Sinn. Sie drehte sich um und wollte den Laden verlassen, da bemerkte sie, dass die Familie von vorhin noch immer im Geschäft stand und sie völlig entgeistert anstarrte.
„Alle verrückt!", knurrte Charda wütend. „Alle verrückt bis auf Charda!"
Sie trat aus der Tür und eilte um die Ecke. Dort verwandelte sie sich in Sekundenschnelle in eine Ratte und huschte in dieser Gestalt zurück in den Laden.
Die Kinder schrien auf. Die Mutter schrie auf. Der Vater griff nach einem Besen, der neben der Theke an der Wand lehnte. Und die Verkäuferin stieß

einen gellenden Schrei aus, als sie die Ratte auf sich zukommen sah und ohnmächtig miterleben musste, wie das Tier auf den Tisch sprang, sich die Tüte mit dem Brot aus ihrer Hand schnappte, um schließlich über den Tisch wieder auf den Boden zu gelangen und hinauszulaufen.

„Was war denn das?“, hörte Charda die Frau noch schreien. „Ich werde noch verrückt!“

„Bist du schon“, zischte Charda zwischen ihren Zähnen, die die Brottüte hielten, hervor. „Du bist schon verrückt.“ Und sie beschloss, keinesfalls mehr hierher zurückzukommen, wo überdrehte Königinnen lieber herummeckerten, als ihre Ware ordentlich anzubieten.

Alex fiel es sehr schwer, sich auf das zu konzentrieren, was Aurelius sich von ihm wünschte.

„Das ist doch alles Zeitverschwendung“, murrte er, während er den Sessel wieder an seinen ursprünglichen Platz stellte.

Aurelius, der gerade die Brandspuren an dem Buch

des Grafen Tullius von Spötterwien begutachtete, war da ganz anderer Meinung. „Wir sollten in den Büchern nach weiteren Informationen suchen."

Alex riss die Augen auf. „Aber das dauert ja Tage oder Wochen", rief er aus. „Charda sucht Argus. Sie hat schon zweimal versucht, uns nach ihm auszufragen. Und außerdem ..." Er überlegte kurz, ob er seinem Großvater das sagen konnte, entschied sich dann aber dazu: „Und außerdem hast du doch schon vergeblich in all den Büchern nach Hinweisen bezüglich Charda gesucht. So viel Zeit haben wir nicht."

„Zeit hat man nicht, Zeit nimmt man sich", verbesserte ihn sein Großvater, der ihm die offenen Worte nicht übelnahm.

Alex versagten langsam die Nerven. „Und mit Kalendersprüchen kommen wir auch nicht weiter!", murmelte er sich selbst zu.

„Du musst dich beruhigen", entgegnete Aurelius geduldig. „Wir müssen bedacht vorgehen. Eile hilft uns nichts. Charda verfügt über eine einzigartige Magie, von der wir kaum etwas wissen. Und wer ohne

Wissen in den Kampf zieht, wird nicht wissen, wie er kämpfen soll."

„Oh, wen hast du denn jetzt zitiert?"

„Einen sehr klugen Menschen. Er heißt Aurelius Baumann."

Jetzt musste Alex doch lachen. „Ja, von dem hab ich schon mal gehört. Er scheint wirklich klug zu sein."

Auch Aurelius lachte. „Du solltest auf ihn hören. Was nützt es uns, wenn wir Charda finden, aber nicht wissen, wie wir mit ihr umgehen sollen? Was haben wir davon, wenn wir sie fangen und sie uns mit ihrer Magie wieder austrickst?"

Alex zeigte auf die Regale. „Und du glaubst, hier gibt es Antworten?"

„Bücher geben dir immer Antworten. Sie sind voller Antworten. Auf alle Fragen des Lebens. Die Kunst besteht darin, das richtige Buch für deine Frage zu finden."

Alex rümpfte die Nase. „Dafür hat man doch das Internet! Da geht das schneller."

„Wirklich?" Aurelius zog beide Augenbrauen in die

Höhe. „Das habe ich tatsächlich auch schon oft versucht. Aber was soll ich dir sagen? Wenn es darum geht, wie man einen Toaster repariert oder einen Reifen am Fahrrad wechselt, erhalte ich schnell einige Antworten. Doch bei Themen, die komplizierter sind, muss ich mich erst einmal durch eine ganze Flut an Informationen klicken, darunter viele Halbwahrheiten und vage Vermutungen, bevor ich mir eine Meinung bilden kann. Und bei all den falsche Behauptungen und sogar Lügen, auf die man dort auch immer stößt ..."

„... ist die Gefahr groß, in die Irre geführt zu werden."

Alex nickte. „Ich weiß, was du meinst, Opa!"

„Es gibt einfach so viel im Internet, was nur behauptet wird, aber nicht nachgewiesen ist. Und bis ich im Internet eine wirklich fundierte, hilfreiche Antwort gefunden habe, auf die ich mich verlassen kann, vergeht so viel Zeit, dass ich schneller mit meinen Büchern bin. In den Werken, die ich hier gesammelt habe, stehen lauter Wahrheiten und Gewissheiten, allesamt überprüft. Und bei komplizierten Fragen vertraue ich lieber meinen Blätter-Freunden als dieser Blinke-Kiste namens Computer."

Alex seufzte und deutete noch einmal auf die Regale. „Ich kann dich ja gut verstehen, Opa. Aber mir fehlt einfach die Geduld, mich jetzt durch all diese Bücher zu graben."

Aurelius lachte noch einmal. „Ja, ja, die Ungeduld der Jugend", antwortete er und machte einen Vorschlag. „Wie wäre es, wenn ich mich durch die Bücher grabe, wie du es nennst, und du dafür draußen zusammen mit Kadabra und Bim nach Charda suchst?"

Alex' Gesicht hellte sich auf. „Oh, das klingt gut."

Aurelius hob einen Zeigefinger in die Höhe. „Unter einer Bedingung. Sobald sich die Möglichkeit ergibt und wir ein wenig Zeit füreinander haben, erkläre ich dir Techniken, wie man auch in Büchern sehr schnell Antworten finden kann. Einverstanden?"

„Absolut! Klingt fair." Alex hielt schon die Türklinke in der Hand. „Such du nach Informationen zu Chardas Verwandlungszauber und ich suche nach Kadabra, um mit ihr nach Charda zu suchen!"

Er wollte sich schon umdrehen und aus dem Raum eilen, als er von einer hellen Stimme aufgehalten wurde. „Nicht nötig." Die Katze stand in der Tür und blickte zu Alex hoch. Sie wollte etwas sagen, doch Alex fiel ihr ins Wort. „Kadabra! Habt ihr Charda gefunden?"
Sie schüttelte den Kopf. „Charda ist nicht aufzutreiben. Sie scheint sehr geschickt und schlau zu sein."
„Dann lass uns gemeinsam nach ihr suchen", schlug Alex vor. Doch wieder schüttelte die Katze nur den Kopf.
„Vielleicht ist Charda schon bei Argus und wir sind zu spät!"
Nun war es Alex, der den Kopf schüttelte. „Wie sollte sie zu Argus gekommen sein? Das kann ich mir nicht vorstellen. Zum einen weiß sie doch gar nicht, dass er wieder in seiner Heimat ist. Und zum anderen glaube ich nicht, dass sie Zeitreisen beherrscht. Sie hatte sich damals doch erst einmal auf ihren Verwandlungszauber spezialisiert und wollte erst danach andere

Zauber erlernen. Das wissen wir doch durch Ibrahim. Deshalb kann ich mir nicht vorstellen, dass sie …“

„Alex! Moment!“, unterbrach Aurelius ihn plötzlich entsetzt.

Alex erschrak bis ins Knochenmark. „Opa, was ist denn los?“

Doch Aurelius ging gar nicht darauf ein, sondern näherte sich vorsichtig der Katze in der Tür. „Wo ist Bim?“, fragte er.

„Draußen. Auf der Wiese. Sie wollte warten, bis ich mit euch gesprochen habe.“

Aurelius blickte das Tier scharf an. „Bim möchte nie etwas ohne dich tun. Sie würde niemals draußen warten, wenn du zu uns kommst.“ Er trat noch näher auf die Katze zu, beugte sich dann vor und starrte ihr in die Augen. „Das ist sie, Alex! Das ist Charda!“

„Was?“ Alex war zu erschrocken, um zu reagieren, und Charda nutzte diese Schrecksekunde, um in Kadabras Gestalt zu flüchten.

„Hinterher, Alex!“, schrie Aurelius. „Ich hab ihre dreieckige Pupille gesehen.“

Jetzt erst schreckte Alex aus seiner Erstarrung auf. Er hechtete der Katze hinterher, rannte die Treppe hinunter und aus der Haustür hinaus. Gerade noch konnte er erkennen, wie das schwarze Katzenfell hinter der Hausecke zu seiner Linken verschwand. Alex sprintete ihr nach, machte dann einen Satz und warf sich mit ausgestreckten Armen auf das Tier.
„Hab ich dich!“, schrie er, während sich die Katze unter ihm wehrte.
„He! Was soll das? Lass mich los!“
„Von wegen!“ Alex verstärkte seinen Griff nur noch, sodass die Katze sich nicht befreien konnte. „Du entkommst mir nicht!“
In dem Moment hörte er eine Stimme hinter sich.
„Warum sollte sie dir auch entkommen?“, piepste es. Ohne seinen Griff zu lockern, wandte Alex den Kopf und blickte auf Bim. Nun purzelten die Gedanken in seinem Kopf durcheinander. „Was? Wie?“
„Was hat Kadabra dir denn getan, dass du sie so behandelst?“, schimpfte Bim.
„Kadabra?“, brachte Alex beinahe tonlos hervor und

blickte auf das Tier, das er immer noch fest in den Händen hielt.
„Ja, Kadabra“, empörte sich Bim weiter. „Du weißt schon – eure Katze. Unsere Freundin. Mein magisches Gegenstück.“
Nun blickte Alex der Katze in die Augen und suchte vergeblich nach der dreieckigen Pupille. „Oh, Entschuldigung“, murmelte er und ließ Kadabra endlich los. „Ich hab dich verwechselt.“
„Verwechselt?“ Kadabra schüttelte sich entrüstet und schaute Alex finster an. Zumindest sollte ihre Miene finster wirken, aber dafür waren Katzengesichter einfach nicht gemacht. Allerdings war das jetzt auch völlig egal. „Mich verwechselt? Ich höre wohl nicht recht! Ich bin eine einzigartige Katze. Mich kann man nicht verwechseln. Das solltest gerade du wissen!“
„Entschuldigung“, wiederholte sich Alex. „Ich dachte, du wärst Charda. Sie muss deine Gestalt angenommen haben.“
Jetzt verstanden Kadabra und Bim allmählich, was hier vor sich ging. „Dann hat sie dich getäuscht?“

Alex nickte. „Sie kam in deiner Gestalt auf uns zu, Kadabra. Ehrlich! Sie sah exakt aus wie du. Bis auf ihre dreieckige Pupille."

Kadabra setzte sich auf. „Nun ja, ich kann natürlich verstehen, dass man mich kopieren möchte", lächelte sie, bevor sie ernst weiterfragte: „Was genau ist denn geschehen?"

„Sie stand in der Tür. Opa und ich waren gerade in Gespräch und haben nicht aufgepasst. Wir hielten sie einfach für dich und da hat sie ... Nun ja, sie hat ..."

Kadabra legte den Kopf schief. „Sag nicht, dass sie euch ausgefragt hat!"

Bim legte ebenfalls den Kopf schief. „Sag nicht, dass du ihr irgendwas über Argus verraten hast."

Alex kam sich vor wie ein kleines Kind, das dabei ertappt worden war, wie es die Tapete im Wohnzimmer angemalt hatte. Hilflos stammelte er vor sich hin: „Na ja, ich wusste ja nicht ... Also, ich wollte ja nicht ..., also, ich konnte ja nicht ... also, ich musste ja wohl ..."

Völlig außer Atem kam Charda in ihrem Versteck an und ließ sich in den Schatten unter der Straßenbrücke fallen. Sie ärgerte sich über sich selbst. „Warum war Charda so unvorsichtig? Wieso hat sich Charda so nahe an die Menschen herangewagt? Weshalb ist Charda nicht vor dem Raum stehen geblieben? Im Schatten? Dort hätte der alte Mann Chardas Augen nicht sehen können. Dumme Charda! Dumme, dumme Charda!“ Dann schwieg sie, denn dieses immer noch etwas atemlose Schimpfen würde sie sonst noch ihre letzte Kraft kosten. Stattdessen dachte sie nach. Hatte sie das wirklich richtig verstanden, was der Junge gesagt hatte? Argus sollte also wieder zu Hause sein? In der Wüste? Aber als Kind?

Nun tat Argus ihr unendlich leid.

„Charda muss ihm helfen“, sagte sie und spürte, wie sich die Knoten in ihrem Kopf wieder lösten. Doch dann fiel ihr etwas ganz anderes auf. „Warum spricht Charda so?“, fragte sie sich selbst. „Warum sagt sie nicht ‚ich‘ und ‚mich‘, wenn Charda von sich selbst spricht?“

Und in diesem Moment verstand sie auch, was in dem Geschäft mit den leckeren Backwaren geschehen war. „Die Königin von Saba konnte mich gar nicht verstehen, weil ich so eigenartig rede. Sie dachte, ich spreche von jemand anderem."

In Charda kam der Verdacht auf, dass die Frau gar nicht die Königin von Saba war. Und vor allem kam in ihr der Verdacht auf, dass sie selbst überhaupt nicht sie selbst war. Sie war nicht Charda, die Magierin. Sie war Charda, die in irgendeinem Zauber oder Fluch gefangen war.

„Nein, Charda muss erst Argus finden. Sie muss ihn befreien. Nur er kann Charda helfen. Nur Argus kann Charda erlösen. Dann kann Charda auch wieder richtig sprechen."

Langsam verwandelte sie sich aus der Form der Katze wieder in ihre menschliche Gestalt zurück.

Enttäuscht setzte sie sich auf den Boden und spielte mit einer Ameise, die vorbeikrabbeln wollte. Immer wieder versperrte Charda dem winzigen Tier den Weg, sodass die Ameise ständig umkehren musste.

„So geht es auch Charda“, sagte sie dabei. „Kann nicht ihren Weg gehen. Muss erst einmal einen Umweg nehmen. Muss Argus retten, um sich selbst zu retten.“ Sie seufzte tief. „Aber wie soll Charda das tun? Charda kann keine Zeitreisen.“

Noch einmal lenkte sie den Weg der Ameise um, bevor sie das Tierchen endlich in Ruhe ließ und tief in ihre eigene dunkle Gedankenwelt eintauchte.

ZURÜCK IN DER WÜSTE, ZURÜCK IN DER VERGANGENHEIT

„Du kannst sagen, was du willst“, versuchte Alex seinen Großvater zu überzeugen. „Ich vermute, Argus ist die Quelle des Problems.“

„Das glaube ich auch“, pflichtete Sahli ihm bei. „Er war zuletzt mit Charda unterwegs gewesen. Und er war immer schon listig wie eine Schlange und gemein wie eine Hyäne.“

Sahli war vor wenigen Minuten eingetroffen. Alex hatte ihm berichtet, was vorgefallen war, und nun wollten beide sofort handeln.

„Und deshalb möchtet ihr euch unbedingt auf die Suche nach Argus begeben?“, fragte Aurelius aufgebracht. „Aber wir waren glücklich, ihn endlich los zu sein.“

„Charda wird alles daransetzen, ihn zu suchen“, widersprach Alex und erneut gab Sahli ihm recht. „Wir wissen nicht, wozu sie fähig ist. Vielleicht könnte sie sogar den gesamten magischen Zirkel zurückrufen mit ihrer gebündelten Magie. Wenn sie dann auf Zeitreise gehen kann, dann ... dann ...“

Aurelius verdrehte die Augen. „Auch das noch! Dann wäre ja alles umsonst gewesen, was wir erreicht haben.“

„Wir müssen ihr zuvorkommen“, betonte Alex. „Wir müssen Argus finden und ihn herholen, bevor Charda ihn aufsucht.“

Nur widerwillig gab Aurelius nach. „Ihr habt ja recht. Ich glaube auch, dass er irgendetwas damit zu tun hat. Er war es, der sie zuletzt gesehen hatte. Er war allein mit ihr in dem magischen Raum. Und laut Ibrahim hat sie seitdem niemand mehr gesehen. Bis jetzt. Aber wollt ihr denn wirklich alleine zu Argus reisen?“

Alex nickte. „Falls Charda sich noch irgendwo hier in der Nähe aufhält, brauchst du die anderen, um sie einzufangen."

Aurelius wollte noch etwas einwenden, doch Sahli hatte schon die Zauberkugel genommen und murmelte seinen magischen Spruch. Aurelius seufzte und ließ die zwei gewähren.

Sekunden später löste sich alles um die beiden Jungen herum auf und ihre Reise begann. So strudelig und kurvenreich wie eh und je.

Daher war Alex wieder völlig schwindlig zumute und auch ein bisschen schlecht, als sie an ihrem Ziel ankamen. Vor allem aber trudelte es in seinem Kopf, als seien dort sämtliche Schrauben locker gedreht worden.

„Ich dachte, diese Zeitreise-Qualen hören irgendwann mal auf", schimpfte er, während er sich auf allen vieren hielt und sein Innerstes zur Ruhe zwang. „Nein, falsch", verbesserte er sich. „Ich dachte, ich brauche diese Zeitreisen gar nicht mehr zu unternehmen." Sein Schädel brummte und sauste.

Sahli hingegen ging es blendend. Er war diese Reisen durch Raum und Zeit mittlerweile gewöhnt. „Das wird schon irgendwann besser werden, Alex", versprach er.
Alex stellte sich mühsam auf die Füße und drückte den Rücken durch. „Na, ich weiß nicht", antwortete er, als er bemerkte, dass sich auf seiner Schulter eine Ameise niedergelassen hatte. „He!" Mit einer kurzen Handbewegung strich er sie sich von der Schulter herunter. Dann wandte er sich Sahli zu. „Und jetzt?"
Sahli zuckte mit den Schultern. „Argus finden", war die knappe Antwort, die Alex kein bisschen weiterhalf.
„Das ist mir schon klar. Aber hast du einen Plan?"
Sahli blickte sich um. „Erst einmal müssen wir herausfinden, wo genau wir gelandet sind", grübelte er. „Diese Gegend kommt mir nur gar nicht bekannt vor."
Auch Alex schaute sich um. Sein Blick ging über die weiten, hohen Sanddünen der Wüste, die mit ihrem hellen Gelb einen starken Kontrast zu dem strahlenden Blau des Himmels boten. Außer Sand,

Hitze einem leichten Wind, der sie umspielte, gab es hier nichts.

Alex fühlte sich mit einem Mal müde und erschöpft. „Diese Wüste ist doch bestimmt irre groß“, grummelte er enttäuscht. „Wie sollen wir hier irgendetwas finden? Und dann auch noch Argus?“

Doch Sahli blickte nur ernst in die Ferne und hatte wieder diesen besorgten Gesichtsausdruck. „Ist alles gut?“, fragte Alex seinen Freund.

„Um ehrlich zu sein, ist das nicht die einzige Frage, die mir gerade Sorgen bereitet“, sagte er in einem Ton, der Alex sofort aufhorchen ließ.

„Ja“, antwortete Alex. „Ich habe schon die ganze Zeit den Eindruck, dass mit dir etwas nicht stimmt.“ Er trat näher an Sahli heran. „Magst du mir sagen, was es ist?“

Sahli drehte sich einmal um die eigene Achse. „Ich werde noch verrückt“, rief er aus. „In meinem Kopf ist es wie in einer Sanduhr. Gedanken strömen durch mein Gehirn. Immer und immer wieder. Als ob jemand mein Gehirn umdreht wie eine Sanduhr, damit die Gedanken wieder von vorn hindurchlaufen. Wieder und immer wieder."

„Wow!" Alex war entsetzt. „Dir geht es ja wirklich nicht gut. Nun sag doch, was los ist!"

Sahli zeigte auf die Wüste. „Sieh dich um! Ist das alles echt? Kann das echt sein? Müsste es nicht anders sein? Das alles?"

„Ich verstehe kein Wort."

„Entschuldige, Alex! Das macht die Sand-Gedanken-Uhr in meinem Kopf. Lass es mich so ausdrücken: Irgendetwas muss schiefgelaufen sein, als ich den magischen Zirkel aufgelöst habe."

Mit einem Schlag war auch Alex besorgt. „Was? Wie kommst du darauf?"

„Es müsste alles anders sein."

„Was denn alles? Und wie anders?"

Sahli ließ sich in den Sand fallen und seufzte. „Das ist es ja, ich weiß es nicht. Aber die Regeln einer Zeitreise, verstehst du? Ich habe Argus in seine Kindheit zurückgeschickt. In eine Zeit, lange, bevor er mich kennengelernt hat."

Nun plumpste auch Alex in den Sand. Er war kreidebleich. „Ich verstehe! Wenn du ihn als Kind hierhergeschickt hast, damit er ganz neu anfängt und nicht wieder zum alten Argus wird, dann wird er dich nie treffen."

„Und nie an der Oase ansprechen."

„Und dich nicht mit in die Stadt nehmen."

„Und mich niemals in die Kugel stecken."

„In die Zauberkugel", flüsterte Alex und ein eiskalter Schauer lief ihm trotz der Wüstenhitze über den Rücken. „Jetzt verstehe ich, warum du so nachdenklich bist."

Sahli wirkte erleichtert. „Wirklich? Du verstehst mich? Dann siehst du das auch so?"

„Klar. Es müsste alles anders sein. Irgendwie alles. Und irgendwie anders."

Sahli setzte sich so herum, dass er Alex direkt ansehen konnte. „Damals, als ich den magischen Zirkel verzauberte und auflöste, da geschah das aus einem Impuls heraus. Ohne, dass ich lange nachdenken konnte. Ich habe einfach das getan, was mir in dieser

Sekunde richtig erschien. Doch erst jetzt wird mir klar, dass ich damit unsere Freundschaft aufs Spiel gesetzt habe, Alex. Denn, wenn mein Zauber wirklich funktioniert hätte, dann wäre ich Argus niemals begegnet und damit auch niemals dir."

Alex deutete mit einer Hand auf die Dünen in der Ferne. „Und trotzdem sitzen wir hier."

„Weil irgendwas schiefgelaufen ist. Oder zumindest anders gelaufen, als ich mir das gedacht hätte", grübelte Sahli.

„Und das macht dir Angst?"

Sahli nickte. „Dir nicht?"

Alex dachte kurz nach. „Ich habe mir abgewöhnt, mich von Dingen, die ich nicht kenne, verrückt machen zu lassen. Viel lieber forsche ich nach und mache mich wegen Dingen verrückt, die ich verstanden habe."

Nun musste Sahli lächeln, trotz all seiner Sorgen. „Ich glaube, ich verstehe, was du meinst."

„Lass uns erst einmal herausfinden, wo wir hier sind und in welcher Zeit wir hier sind und ob wir Argus irgendwo finden können. Und wenn wir auf etwas stoßen, das uns Sorgen machen sollte, können wir uns immer noch Sorgen machen", erklärte Alex.

Sahli rappelte sich auf und lachte. „Du bist wie eine Fata Morgana in der Wüste – immer wieder überraschend."

„Aber wenigstens echt und keine Erscheinung!", protestierte Alex lachend und stand ebenfalls von seinem Platz auf. „Und nun komm!"

Sie marschierten auf eine der Dünen in der Ferne zu, als Alex plötzlich stehen blieb. Er spitzte die Ohren.

„Hast du das auch gehört?"

Sahli lauschte in die Stille. „Was denn?"

„Kamele!"

Sahli lächelte. „Ja. Kamele. Wir sind in einer arabischen Wüste. Da ist es nicht ungewöhnlich, dass ..."

Doch Alex hörte ihm gar nicht zu und blickte sich hektisch um. „Nein, nein! Hör zu: Ich bin hier schon einmal gewesen. Es sind nicht nur die Kamele. Es ist die Form der Dünen um uns herum. Und diese Atmosphäre und ..."

„Alex, in einer Wüste sieht es überall gleich aus."

Alex schüttelte den Kopf und zeigte mit dem Finger in südliche Richtung. „Ich bin mir ziemlich sicher. Wetten, dass es dort eine Oase gibt?" Schon rannte er los. „Komm!" Er kämpfte sich durch den Sand auf die Höhe einer der großen Dünen. Sahli kam ihm hinterher, allerdings wunderte er sich noch immer.

„Schau nur!" Auf der Spitze der Düne blieb Alex wieder stehen und deutete lachend in das Tal, das sich vor ihnen erstreckte und in dem sich eine größere Oase befand. Riesige Palmen reckten sich am Ufer des klaren Wassers in die Höhe. Eine Kamelherde von fünf Tieren ruhte sich dort gerade aus, während ihre beiden Hirten sich neben den Tieren in den Schatten der Büsche gelegt hatten. Es war ein Bild wie auf einer Postkarte.

In der Ferne erblickten sie eine Stadt mit einer hohen Stadtmauer, hinter der zahlreiche Türme aufragten. Doch bevor Sahli darüber nachdenken konnte, ob

er diese Stadt vielleicht kannte, beschäftigte ihn erst einmal etwas ganz anderes. „Wie konntest du das wissen, Alex?“ Sahli war wirklich beeindruckt. „Wann bist du denn jemals hier gewesen?“

Alex lachte. „Du wirst gleich alles verstehen, Sahli!“ Und damit rannte er auch schon wieder los, von der Spitze der Düne herab in Richtung der Oase.

Sahli seufzte. „Was sollen denn diese Spiele? Kannst du mir nicht einfach alles erklären?“

Weil Alex jedoch keine Antwort gab, blieb Sahli nichts anderes übrig, als seinem besten Freund ahnungslos zu folgen.

Charda kam nur sehr mühsam voran. Zwar konnte sie mit ihren Füßchen und ihrem leichten Gewicht mühelos über die riesigen Sandkörner laufen, aber aufgrund ihrer winzigen Größe würde sie Tage brauchen, um ihr Zuhause zu erreichen. So blieb sie stehen und konzentrierte sich.

Die Gestalt der Ameise anzunehmen, um unentdeckt mit den beiden Jungs auf Zeitreise zu gehen, war unheimlich anstrengend gewesen. Als sie sich vor dem Haus der Familie in das Tierchen verwandelt hatte, war ihr kurz darauf schwindlig gewesen. Ihre sechs dünnen Beine waren ihr anfangs weggeknickt und es hatte einige Zeit gebraucht, bis Charda laufen und klettern konnte. Erst im letzten Moment war es ihr gelungen, an diesem Alex heraufzukrabbeln und sich auf seine Schulter zu setzen, bevor Sahli den Zeitreise-Zauber eingesetzt hatte. Allerdings war es die ganze Mühe wert gewesen, denn nun befand sich Charda in der Zeit ihrer Kindheit und nicht weit von ihrer Familie. Hier wollte sie ihre Suche nach Argus beginnen. Hier, wo alles seinen Anfang genommen hatte.

Sie hielt die Augen geschlossen und konzentrierte sich noch stärker. Doch ihre Verwandlung wollte nicht gelingen. Charda verharrte in dem Körper der Ameise. In der Ferne hörte sie Alex' Stimme. „Dort gibt es eine Oase. Wetten?", rief er, wahrscheinlich an Sahli gerichtet, und das brachte Charda in Aufruhr. Sie musste zu Argus, bevor die beiden Freunde ihn fanden

und ihn mit sich nahmen. Davon hing alles ab. Diesen Wettlauf musste Charda gewinnen.
Und so zwang sie sich tiefer und tiefer in ihre Konzentration, um diese Ameisengestalt loszuwerden.

Die Kamele schauten zwar zu den Freunden herüber, interessierten sich aber nicht weiter für sie. Auch die beiden Kamelhirten schliefen weiterhin tief und fest im Schatten der Büsche, als Alex und Sahli die Oase erreichten.
Sahli wurde allmählich ungeduldig. „Verrate mir endlich, wann du hier gewesen bist“, bat er inständig.
Alex baute sich vor ihm auf. „Oh, ich war sogar schon zweimal hier. Einmal mit dir und einmal mit Sally.“
Sahli blickte sich um. Er schaute zur Oase und auch auf die Stadt in der Ferne. „Hier?“
„Erinnerst du dich nicht? Du hattest Sally und mich einmal hierhergeschickt. Und lange vorher waren wir beide auch schon mal in dieser Gegend. Allerdings nicht direkt hier an der Oase, sondern wenige Schritte entfernt in einer Höhle.“

Nun kehrte auch bei Sahli die Erinnerung zurück. „Wir sind hier an Argus' Versteck? Boah, daran möchte ich gar nicht mehr denken. Das war schon sehr gruselig, in seiner Höhle gefangen zu sein."

„Und als ich mit Sally hier war, erging es uns auch nicht besser. Dort an der einen Palme konnte man ein Stück der Rinde hochklappen. Dahinter war ein Edelstein versteckt und wenn man den herauszog, bildete sich plötzlich ein Strudel, aus dem sich eine Treppe formte. Eine Treppe in Argus' Versteck. Und eine gemeine Falle, die nur auf uns gewartet hatte!"

Sahli blickte zu der Palme. „Diesen Edelstein werden wir jetzt aber wohl nicht unter der Rinde finden. Wir sind ja viel weiter in der Vergangenheit zurückgereist. Dann lass uns hoffen, dass die Vergangenheit sich diesmal zum Guten wird wenden können. Wenn uns Charda keinen Strich durch die Rechnung macht und Argus aus seinem magischen Bann befreit ..."

„Genau! Das müssen wir unbedingt verhindern", betonte Alex.

Sahli kratzte sich am Kopf. „Aber wir haben noch

immer das Problem, dass wir nicht wissen, wo wir mit der Suche nach Argus beginnen sollen. Er könnte überall sein. So werden wir ihn vielleicht niemals finden.“

„So wird Charda ihren Bruder niemals finden!“ Laut schimpfend stapfte eine wütende Ameise über die Sandkörner der Wüste hinweg. Charda steckte noch immer in der Gestalt des kleinen Tieres fest. Es war ihr bisher nicht gelungen, sich in ihre menschliche Gestalt zurückzuverwandeln.
Charda fragte sich gerade, ob ihre Kraft vielleicht durch die Zeitreise gelitten hatte, als sich der Zauber endlich einstellte. Langsamer, als sie es gewohnt war, erhielt sie ihren menschlichen Körper zurück. Ihr Herz raste und ihr Kopf schmerzte, während sie allmählich wieder ihren Rücken durchdrücken und sich aufrichten konnte. Und die lähmende Müdigkeit, die plötzlich in allen Knochen zu spüren war, machte Charda klar: Diese ständigen Verwandlungen verlangten ihrem Körper zu viel ab. Anscheinend

überforderte sie ihn damit, wenn sie sich gleich mehrmals am Tag in andere Gestalten verzauberte. Sie musste ihre Kräfte besser einteilen.
„Charda muss vorsichtiger sein“, ermahnte sie sich, bevor sie zu der Düne schritt, auf der Alex und Sahli vorhin gestanden hatten. „Charda muss wissen, was die Freunde vorhaben.“
Sie kämpfte gegen die Müdigkeit und gegen die Schmerzen in ihrem Körper an und schaffte es schließlich, die Spitze der Düne zu erreichen. Sie legte sich flach in den Sand, um nicht entdeckt zu werden, und robbte sich so weit vor, dass sie die gesamte Oase überblicken konnte. Sie sah Alex und Sahli an einer der Palmen stehen. Alex wirkte sehr aufgebracht und sprach aufgeregt auf Sahli ein. Die beiden wirkten durcheinander. Gerade so, als wüssten sie nicht, was sie hier eigentlich tun sollten.
Sie kroch einige Schritte zurück, richtete sich dann wieder auf und ging, ohne einen Blick zurückzuwerfen, in die Richtung, in der sie die Zeltstadt ihrer Familie wusste.

Sahli und Alex standen ratlos an der Oase.
„Und was machen wir nun?" In Alex brodelte es so sehr, dass er am liebsten losgelaufen wäre – ohne jedes Ziel und jeden Sinn. Er wollte endlich handeln.
Sahli ging es genau andersherum. Ihm war klar, dass jeder Schritt sinnlos war, solange sie beide keinen echten Plan hatten. Er dachte an Aurelius zurück. An den Brief von dessen Großvater Korbinian. Denn auch der hatte einst in dieser Wüste gestanden. Auch er war damals darauf aus gewesen, mehr zu erfahren von ...
„... Ulima!", brach es da aus Sahli heraus.
„Was?" Alex wandte sich ihm überrascht zu. „Ulima?"
„Korbinian hatte doch in seinem Brief geschrieben, dass sie aus einer sehr alten Dschinn-Familie stammte, oder?"
Alex erinnerte sich daran. „Ja, schon. Aber was soll uns das jetzt helfen?"
„Die Menschen hier legen sehr viel Wert auf Familie und Tradition. Hier kennt man sich. Die Menschen in der Wüste sind aufeinander angewiesen. Sie wissen voneinander."

Alex blickte noch immer ratlos auf seinen Freund. „Ja, und?"
Dieses Mal war es Sahli, der antwortete: „Komm mit!"
Er ging Alex voraus zu den schlafenden Kamelhirten. Je näher die Jungen ihnen kamen, desto unruhiger wurden ihre Tiere und schließlich weckten sie mit ihrem Schnauben die beiden Hirten.
„Was ist denn los?", fragte der eine.
„Was habt ihr denn?", fragte der andere.
Und dann fragten beide: „Wer seid denn ihr?" Sie hatten Alex und Sahli entdeckt.
„Seid gegrüßt, Männer der Wüste." Sahli verbeugte sich vor den zweien.
Die Hirten schauten ihn verwirrt an. Zum einen sah dieser Junge vor ihnen aus wie einer von ihnen und er sprach auch genau so. Doch gleichzeitig wunderten sie sich über seine merkwürdige Aufmachung.
Sahli blickte an sich herab und dachte nur, dass er in seiner früheren Kleidung sicher weniger aufgefallen wäre als in den Jeans, die er gerade trug.
Die Hirten sahen ihn fragend an.

„Wer bist du?"
„Was willst du?"
Sahli verbeugte sich noch einmal tief, bevor er sagte: „Ihr guten Männer, ich bin auf der Suche nach einer gewissen Familie."
„Einer Familie?"
„Ja. Es handelt sich ebenfalls um Menschen der Wüste. Weise, nette, freundliche Menschen wie Ihr und ich. Gewiss kennt Ihr sie und könnt mir weiterhelfen."
Die Männer blickten sich erst gegenseitig an, dann wieder Sahli. „Wen suchst du?"
Alex wunderte sich, dass Sahli zögerte. Er hätte sofort Ulima genannt und darauf gehofft, dass die beiden Männer wussten, wo sie zu finden war. Doch Sahli zögerte.
Alex beugte sich zu ihm und flüsterte: „Warum sagst du ihnen nicht Ulimas Namen?"
Sahli zwinkerte ihm zu. „Wenn sie Angst vor Magie haben, werden sie uns Ulimas Wohnort nicht nennen. Wenn sie mit ihr befreundet sind, werden sie sie vielleicht warnen, bevor wir dort sind. Wenn sie im

Streit liegen, werden wir vielleicht angelogen, weil sie verhindern wollen, dass wir Ulima treffen, denn wir könnten ihr ja Gutes bringen."

Da sprang einer der Hirten von seinem Platz auf. „Was flüstert ihr da?"

Sahli drehte sich zu ihm um. „Oh, bitte entschuldigt. Aber mein Freund glaubt nicht, dass zwei einfache Hirten wie ihr diese besondere Familie kennt, die wir suchen."

Nun sprang auch der zweite auf die Füße. „Was soll das heißen? Was ist denn so besonders an der Familie, die ihr sucht?"

Sahli machte eine künstliche Pause, um die Spannung zu steigern. Alex sah den Männern an, dass sie sich herausgefordert fühlten.

„Nun ... Diese Familie lebt in einer Stadt, die aber nicht aus Häusern besteht, sondern aus Zelten."

„Das ist doch nichts Besonderes", beschwerte sich der eine.

„Die Familie ist sehr groß und angesehen", erklärte Sahli weiter. „Man sucht gern ihren Rat."

„Aber das ist doch auch nichts Besonderes“, beschwerte sich der andere.
Alex hatte das Gefühl, Sahli genieße die Situation geradezu, als er antwortete: „Allerdings sucht man die Familie nicht auf, um Gemüse zu kaufen oder Tiere. Und auch nicht, um sie um Rat zu fragen oder um sich Hilfe gegen eine Krankheit zu holen. Nein, nein. Diese besondere Familie sucht man auf, wenn es um ...“ Sahli legte erneut eine Pause ein und einer der Männer vollendete von selbst den Satz: „... Magie geht. Man geht zu der Familie, wenn man einen Zauber benötigt, den man ...“
Der andere Hirte gab ihm einen Stoß in die Rippen, sodass der erste sich auf die Zunge biss und verstummte, doch nun war es zu spät. Nun war das Wort „Magie“ ausgesprochen.
Sahli strahlte die Hirten an. „So wisst ihr also, von wem die Rede ist und wo sich die Familie befindet, die wir suchen?“
Die Hirten sahen sich betreten an. Würden sie jetzt „Nein“ sagen, würden sie verlogen wirken und damit

Schande über sich bringen. Würden sie mit „Ja" antworten, so war es ihnen unmöglich, mehr aus Sahli herauszubekommen.
Und so sagte einer der beiden schnell: „Möglich!", während der andere rasch in eine andere Richtung blickte. „Aber wir schweigen", fügte der erste Hirte hektisch an und war gespannt, ob Sahli nun in Wut ausbrechen würde, sodass sie das Gespräch beenden konnten, ohne ihr Gesicht zu verlieren.
Doch Sahli reagierte völlig überraschend. „Danke, ihr ehrenwerten Männer, dann eben nicht."
„Was?" Die Hirten und auch Alex schauten verblüfft. Sahli verneigte sich noch einmal kurz, dann zog er Alex am Ärmel mit sich und ließ die Männer verwirrt stehen.
„Was tust du denn?", fragte Alex aufgebracht.
Doch Sahli zog ihn einfach weiter. „Nun komm! Ich weiß, wo wir lang müssen."

„Hier muss Charda entlang!" Während sie durch die Wüste schritt, verloren sich allmählich die Schmerzen

in ihrem Körper und auch die Erschöpfung verflog. Stattdessen setzte ein anderes Gefühl ein: Vorfreude! Denn Charda freute sich unbändig, ihre Mutter wiederzusehen.
„Mutter“, flüsterte sie, während am Horizont schon die ersten Spitzen der Zeltdächer zu sehen waren. „Mutter!“
Und dann wurde sie eingehüllt von den Geräuschen ihrer Kindheit: die Gespräche der Ältesten, die in der Dorfmitte beisammen saßen und sich beratschlagten, das Weinen eines kleinen Kindes und der beruhigende Ruf seiner heraneilenden Mutter, das Schnauben der Kamele hinter den Zelten und die verspielten Flattergeräusche, wenn der warme Wüstenwind durch die Felle hindurchfuhr, die den Zelten als Wände dienten. All das wirkte auf Charda wie ein warmer, herzlicher Willkommensgruß, und erst jetzt wurde ihr so richtig bewusst, wie lange sie wohl in diesem verfluchten Glas eingesperrt gewesen sein musste. Doch ihre düsteren Gedanken und Gefühle verflogen augenblicklich, als Charda aus der Ferne ihre Mutter

erblickte. Sie war im Gespräch mit einer anderen Frau, die Charda als eine der Nachbarinnen aus der Zeltstadt erkannte. Langsam schritt Charda auf die beiden zu. Sie grübelte, mit welchen Worten sie ihre Mutter am besten begrüßen sollte. Sie überlegte, ob sie ihr um den Hals fallen oder ihr nur die Hand reichen sollte. Charda war sich noch unsicher, als ihre Mutter sich zufällig in ihre Richtung umdrehte und Charda auf sich zukommen sah. Sie erkannte ihre Tochter sofort und stieß einen Begeisterungsschrei aus, um sich anschließend vor lauter Rührung die Hände vor den Mund zu schlagen. Und plötzlich ging alles ganz schnell. Ulima kam auf Charda zugelaufen und Charda auf ihre Mutter. Ohne einen weiteren Gedanken zu verschwenden, fielen die zwei sich in die Arme und drückten sich fest aneinander. Alle Geräusche, alle Unsicherheiten waren verflogen. In diesem Moment zählte nur eines.

„Du bist zu Hause", flüsterte Ulima und Charda nickte. Sie spürte es in jedem Winkel ihres Herzens.

Alex tappte noch immer völlig verwirrt hinter Sahli durch die Wüste.
„Wieso weißt du, wo wir lang müssen? Von den Kamelhirten hat doch keiner was gesagt."
Sahli lächelte. „Stimmt. Gesagt haben sie nichts."
„Aber?"
„Aber geguckt hat einer von ihnen."
Alex blieb stehen. „Geguckt?"
Sahli stellte sich ihm gegenüber. „Ist dir der Blick des einen Hirten aufgefallen, als der andere sich beinahe verplappert hätte?"
Alex dachte nach. „Ja. Schon. Er hat zur Seite geschaut."
Sahli nickte. „Richtig. Und zwar genau in die Richtung, die er uns verheimlichen wollte."
„Bist du sicher?"
„Das ist bei fast allen Menschen so. Wenn sie etwas vor dir verborgen halten und du es ansprichst, so schauen sie meist dorthin, wo sie es versteckt halten, um sicherzugehen, dass es nicht angerührt wurde. Damit machen sie sich unbewusst noch einmal klar, was genau sie auf keinen Fall aussprechen dürfen."

„Das wusste ich gar nicht!“

„Ist aber so.“ Sahli war bester Laune. „Als wir gezielt nach der Richtung gefragt haben, in die wir müssen, hat der eine Hirte hierhergeschaut. Und ich bin mir sicher, in dieser Richtung finden wir die Zeltstadt von Ulimas Volk.“

Damit wandte er sich um und schritt stolz und glücklich vor Alex her. Und dieses Glücksgefühl steigerte sich noch, als sie nach einiger Zeit in der Ferne die Spitzen der ersten Zeltdächer erkannten und das Schnauben von Kamelen und das Lachen von Männern hörten.

„Ich bin beeindruckt“, gab Alex ehrlich zu. „Den Trick mit dem unbewussten Blick muss ich mir merken.“

Sahli lachte. „Eigentlich hätte ich die beiden Kerle gern verzaubert, um an ihr Wissen zu gelangen. Das habe ich mich dann nur doch nicht getraut, weil ein fremder Zauber vielleicht Ulima gewarnt hätte. Ich kenne ihre magischen Fähigkeiten schließlich nicht und wollte kein Risiko eingehen. Aber das war ja auch nicht nötig, was?“

Alex lachte. „Du bist echt der Hammer! Immer für eine Überraschung gut."

Kurz darauf hatten sie die Zeltstadt erreicht. Sie war bedeutend größer, als die Jungen sie sich vorgestellt hatten. Sie schien aus Hunderten von Zelten zu bestehen. Und dazwischen bewegten sich unzählige Menschen, die gerade ihrer Arbeit nachgingen oder sich miteinander unterhielten. Alex konnte eine Art Dorfplatz erkennen, auf dem ältere Männer zusammensaßen und sich beratschlagten. Esel und Kamele wurden durch die engen Gassen geführt und auf einem Markt konnte man hohe Körbe, Schmuck und Lebensmittel kaufen. Das alles war sehr beeindruckend, doch Alex beschäftigte etwas ganz anderes. „Wie sollen wir denn unter all den vielen Menschen Ulima finden?", fragte er verzweifelt. „Oder Argus? Glaubst du, er ist hier in der Stadt unterwegs?"

„Ich weiß es nicht", antwortete Sahli ratlos und blickte sich nach allen Seiten um.

„Kannst du denn nicht irgendetwas zaubern, das uns weiterhilft?", schlug Alex vor.

Sahli schüttelte den Kopf. „Wenn Ulima meine Magie spürt, könnte sie das misstrauisch machen. Du hast doch in Korbinians Bericht gehört, dass gerade den Magierinnen wie Ulima oft Unrecht angetan wurde. Ulima könnte Angst bekommen und sich sorgen, dass man sie wegen ihrer Magie ... Oh! Halt" Sahli stutzte. Er schaute Alex plötzlich mit einem nachdenklichen Blick an.

Alex wusste diesen Blick nicht einzuschätzen. „Äh ... was ist denn los?", fragte er unsicher.

Sahli musterte seinen Freund von oben bis unten an. „Ulima ist Magierin", grübelte er. „Eine fremde Macht könnte sie ängstigen ... oder aber neugierig machen."

Alex wurde allmählich mulmig zumute. „Kannst du mir mal sagen, was genau du meinst?"

Sahli griff in seine Hosentasche, in der winzig klein die Zauberkugel steckte. „Sei mir nicht böse wegen dem, was jetzt passiert, Alex, ja?"

Alex war nicht mehr mulmig zumute. In ihm erwachte Panik. „Hey, was soll das denn?", fragte er noch, als er spürte, wie seine Nase anschwoll.

„Was soll denn das?“, rief Alex und schielte auf seine Nasenspitze, die sich in diesem Moment dunkelrot färbte. Und nicht nur das! Auf Armen, Händen und im Gesicht zeigten sich dicke rote Punkte.

„Was tust du denn da?“, schimpfte Alex, der nun auch noch mit ansehen musste, wie seine Arme und Hände dick anschwollen.

„Pffffrrrt... Trrrrrrt... Wobwobwob...!“, beschwerte er sich, doch seine Worte waren nicht mehr zu verstehen, weil mittlerweile auch seine Zunge dick anschwoll.

Sahli wollte Alex gerade alles erklären, als ein älterer Mann sie ansprach. „Was ist denn mit deinem Freund los?“, fragte er entsetzt. „Er sieht furchtbar aus.“

Ein zweiter Mann kam hinzu. „Eben hat er noch ganz normal gewirkt. Bis auf eure merkwürdige Kleidung vielleicht."

Immer mehr Menschen gesellten sich zu ihnen, denn Alex erregte in seinem Zustand sehr viel Aufmerksamkeit, auch wenn er nicht verstand, was Sahli vorhatte. Er musste ihm jetzt einfach blind vertrauen.

Sahli setzte das bitterste Gesicht auf, das ihm möglich war. „Es ist etwas Furchtbares geschehen. Stellt euch vor, als ich mit meinem Freund in der Wüste war, um unsere Eselherde zu bewachen, da bekamen wir es mit einem mächtigen Dschinn zu tun."

Die Menschen um sie herum erschraken und traten allesamt einen Schritt zurück.

„Ein Dschinn, sagst du?"

„Ja, und dass es hier in der Gegend Dschinns geben soll, wussten wir auch. Aber wir trafen auf einen sehr übel gelaunten Dschinn, der meinen Freund verflucht hat, weil er ihm die Esel nicht schenken wollte. Er war rasend wütend, dieser Dschinn, und hat meinen

Freund verflucht. Alle paar Stunden zeigen sich nun diese dicken, roten Pusteln auf seiner Haut und seine Zunge schwillt an und er kann nicht mehr reden und kaum noch atmen."

Sämtliche Augen richteten sich wieder auf Alex, der sich vorkam wie ein Tier in einem Zoo, das man nicht füttern durfte. Doch allmählich kam ihm eine Ahnung, was Sahli mit alledem bezweckte.

Niemand von den Umstehenden sprach ein Wort. Sie blickten ihn nur erwartungsvoll an, sodass Alex sich bemüßigt fühlte, irgendetwas zu tun. Also atmete er schwer, hustete und prustete und rief den Leuten entgegen: „Brrrmmm... Taff-Taff... Brrrt-Brrrt...!"

Ein Raunen ging durch die Menge und die erwartungsvollen Blicke verwandelten sich in mitfühlende Gesichtsausdrücke.

„Der Arme", rief eine Frau aus.

„So ein Unglück", sagte einer der Männer.

Und eine andere Frau fragte: „Können wir denn nichts tun, um ihm zu helfen? Bringen wir ihn doch zu ..."

„Pst!" Ein Arbeiter, der neben ihr stand, gab ihr einen

Stoß. „Sei leise, Frau! Du weißt, dass wir vor Fremden nicht darüber sprechen."

Sahli trat an den Arbeiter heran. „Bitte, guter Mann! Wir haben gehört, dass es in dieser Stadt eine hilfsbereite Magierin geben soll. Sie kann meinen Freund vielleicht von diesem Fluch befreien."

Der Mann blickte Sahli scharf an. „Woher weißt du das?"

„Es kam mir zu Ohren", antwortete Sahli nur knapp.

Der Mann war wütend. „Du solltest lieber deine Ohren untersuchen lassen statt deinen Freund!"

„Also, bitte!" Die Frau an seiner Seite ärgerte sich über diese Reaktion. „Du warst auch dankbar, als dir geholfen wurde. Neulich, als du diesen tagelangen Schluckauf hattest. Und schau dir diesen armen Jungen an! Ihm geht es viel schlechter als dir damals."

Alex gab wieder ein paar unterdrückte Laute von sich, um die Worte der Frau zu unterstreichen. Dabei machte er wilde Gesten und versuchte, möglichst verängstigt zu wirken.

Das half. Ohne eine Antwort abzuwarten, packte die

Frau Alex an seinem T-Shirt und zog ihn mit sich. „Ich bringe ihn zu Ulima", sagte sie entschlossen. Die Leute um sie herum traten zur Seite und bildeten eine Gasse, um die Frau mit Alex hindurchzulassen. Sahli bedankte sich bei allen und lief ihnen hinterher. Die Frau führte die beiden zurück an den Rand der Zeltstadt und zeigte auf eines der ersten Zelte. „Dort werdet ihr Ulima finden", erklärte sie und wandte sich dann noch einmal an Alex. „Da lass dir helfen, Junge."

„Pfffrrrt... Pofpof...", antwortete Alex und Sahli übersetzte. Zumindest sagte er, was er vermutete, dass Alex antworten wollte. „Das wird er tun", versprach er und dachte ähnlich wie Alex: Zumindest das eine werden wir tun. Das Zweite wird uns leider nicht möglich sein.

Er dankte der Frau und ging mit Sahli auf das Zelt zu, das ihnen gezeigt worden war. Doch noch bevor sie es erreichten, trat eine hochgewachsene Frau heraus, in ein kostbares Kleid gehüllt und mit einem langen, weißen Schleier über dem Kopf, der sie vor den

Strahlen der Wüstensonne schützen sollte. Alex und Sahli war klar: Das musste sie sein.

„Ulima?“, fragte Sahli höflich.

Die Frau nickte. „Und wer bist du?“

„Mein Name ist Sahli und das hier ist mein Freund Alex. Er kommt von sehr weit her. Daher der ungewöhnliche Name und ...“

Doch Ulima ließ ihn gar nicht aussprechen. „Was ist denn mit dir geschehen?“, rief sie aus und kam auf Alex zu.

„Ein Dschinn-Zauber. Er wurde mit einem Fluch belegt“, erklärte Sahli.

Ulima nickte. „Ich hatte vorhin das Gefühl einer fremden Magie“, murmelte sie und Sahli fühlte sich durch ihre Worte in seinen Bedenken bestätigt. „Es war nur ein kleiner Zauber, den ich verspürt habe“, sagte Ulima und auch da gab Sahli ihr im Stillen recht. Denn Alex’ Verzauberung war wirklich keine große Kunst gewesen.

Ulima trat an Alex heran. „Lass mich dir helfen“, sagte sie und legte ihm beide Hände auf die Schultern. „Es ist kein gefährlicher Fluch", versuchte sie Alex dabei noch zu beruhigen.

Alex spürte, wie von Ulima eine Kraft ausging, die seinen ganzen Körper durchströmte und bis in die Finger und Zehen kribbelte. Er musste kichern.

„Danke", sagte er und schaute verblüfft an sich herunter. Sahlis angeblicher Dschinn-Fluch war von ihm abgefallen. Alle Pusteln waren verschwunden und seine Zunge fühlte sich wieder normal an. „Vielen, vielen Dank!", rief er erleichtert.

Ulima winkte ab. „Ach was, mein Freund. Das war keine große Tat."

„Für mich schon", antwortete Alex. „Wie kann ich mich bedanken?"

Ulima lachte. „Deine Freude ist mir Dank genug", sagte sie und fügte an: „Dieser Tag hat mir schon so viel Glück gebracht ... Ihr müsst wissen, meine Tochter ist zurückgekehrt!"

Ihre Augen glänzten, doch für Alex und Sahli war es ein Schock.

„Sie war hier?", entfuhr es Alex. „Charda?"

„Sie muss fort. Charda muss fort!“, flüsterte Charda vor sich hin, während sie die Zeltstadt mit schwerem Herzen verließ. Hätte sie einen Wunsch freigehabt, so hätte sie sich am liebsten mit ihrer Mutter auf einen weichen Teppich gesetzt, sich in die Arme nehmen lassen und wäre nie wieder aufgestanden.

Doch dafür hatte sie jetzt keine Zeit. Sie musste Argus finden. Vielleicht würde dann alles wieder wie früher werden. Hoffnungsvoll stapfte sie durch den Wüstensand.

„Das ist zu langsam“, schimpfte sie. „Charda muss schneller werden!“

Sie beschloss, sich in ein Tier der Wüste zu verwandeln, um besser voranzukommen.

„Skorpion“, murmelte sie und spürte bereits, wie ihr Körper sich verwandelte. Und im nächsten Moment flitzte sie auch schon als Skorpion über den Sand.

„Das ist gut“, lachte Charda. „Das ist schnell. Das ist ...“

Mit einem Mal wurde es dunkel um sie herum und sie prallte gegen eine Wand aus Holz. Gleichzeitig hörte

sie die Stimme eines Mädchens, das rief: „Ich hab ihn! Ich hab ihn gefangen, den Skorpion!"
Charda stemmte sich mit ihrem Tierkörper gegen das Holz der Kiste. „Gefangen? Ich wurde gefangen von einem Kind?"
„Darf ich ihn mit nach Hause nehmen?", hörte sie das Mädchen fragen und Charda erinnerte sich, wie sie selbst als Kind Tiere eingefangen hatte.
„Schlange", flüsterte sie leise und im gleichen Moment zog sich ihr Körper in die Länge, wurde schmal und Charda konnte sich unter der Kiste durch den Sand hindurch aus ihrem Gefängnis befreien. So schnell es ihr möglich war, schlängelte sie sich davon, bis sie außer Sichtweise des Mädchens war, das hinter ihr enttäuscht aufrief: „Oh nein! Er ist mir entwischt."
Charda achtete nicht mehr darauf. Sie schlängelte sich über den Wüstensand, als ein Schatten auf sie fiel. Sie hob ihren Schlangenkopf und erblickte einen Geier, der weit über ihr seine Kreise zog.
„Möchte der sich nun auch auf Charda stürzen?", seufzte Charda.

„Ameise“, flüsterte sie erneut und ärgerte sich, während ihr Körper sich verformte. Nun würde sie wieder langsamer vorwärtskommen. Dafür aber zumindest sicherer. Ameisen wurden nur selten entdeckt und angegriffen.
Gleichzeitig spürte sie eine Erschöpfung, die ihren Körper mehr und mehr ergriff. Diese vielen Verwandlungen kosteten sie unendliche Kraft. Kraft, die sie für die Suche nach Argus benötigte.

Sahli gab Alex einen Stoß und Alex verstummte schnell. Gerade hatte Alex den Namen Charda ausgesprochen. Damit hätte er die beiden vor Ulima verraten können.
Alex verstummte sofort, mit hochrotem Kopf. Nun fürchtete er, dass ihr Plan, Charda zuvorzukommen, scheitern könnte. Aber noch mehr fürchtete er, aufzufliegen.
Doch Ulima hatte Alex' Patzer gar nicht bemerkt, so beglückt war sie. „Jahrelang war meine Charda verschwunden“, erzählte sie. „Und heute stand sie

dann plötzlich vor mir. Ihr könnt euch meine Freude nicht vorstellen ...! Jetzt ist sie auf dem Weg zu ihrem Bruder, den sie auch unbedingt sehen wollte. Und ich war gerade dabei, eine kleine Feier vorzubereiten, als ihr auf mein Zelt zugeschritten kamt."

„Ach, einen Sohn habt ihr auch", schauspielerte Alex. „Wie heißt er denn?"

„Argus", war die Antwort. „Ein netter Junge, ihr würdet ihn mögen. Auch wenn ..."

Nun zeigten sich Sorgenfalten auf ihrer Stirn.

„Ja?", hakte Sahli nach. „Was ist mit ihm?"

„Ich mache mir Gedanken um ihn", antwortete Ulima. „Er ist häufig sehr unruhig und unzufrieden."

Alex blickte sich um. „Wo ist er denn im Augenblick? Wir würden ihn auch gern einmal kennenlernen."

„Er ist bei seinem Lehrer. Denn nichts hilft so gut gegen einen verwirrten Geist wie eine sinnvolle Tätigkeit. Und es gibt keine schönere Tätigkeit als die Arbeit mit Tieren. So habe ich Argus in die Lehre bei Yussuf gegeben, einem anständigen, ehrenwerten Kaufmann, der gut zu seinen Kunden ist."

Sahli tat einen Schritt vor. „Womit handelt dieser Yussuf denn?“, fragte er.
„Kamele“, war Ulimas Antwort und Alex musste sich sein Grinsen verkneifen. „Argus ist ein Kamelhändler?“ Er konnte sich das kaum vorstellen. Einer der ehemals mächtigsten Magier dieser Welt! Einer, der beinahe Oberster Meister des magischen Zirkels geworden wäre. Einer, der gleichzeitig gefürchtet und geachtet wurde. Der war nun ein ...
„Kamelhirte“, berichtigte ihn Ulima. „Zunächst muss er den Umgang mit den Tieren erlernen. Erst dann kann er sich dem Händlertum widmen.“
Alex bemerkte, dass auch Sahli mit einem Lachen rang. „Kamelhirte? Argus?“ Sahli schluckte sein Kichern mit einem lauten Glucksen herunter. „Unglaublich!“
Ulima bemerkte nicht, was in den Jungs vorging, sondern berichtete weiter. „Eigentlich hatte er ganz andere Pläne, mein Argus. Doch als das nicht gelang, wollte er Schmuckhändler werden. Er wollte sich mit Edelsteinen beschäftigen, sagte er. Doch ich konnte

ihn überzeugen, dass er sich erst einmal um Tiere kümmern sollte. Das ist gut für die Seele."

„Da habt Ihr recht getan", antwortete Sahli und wurde plötzlich sehr ernst. Von der einen auf die andere Sekunde veränderte sich sein Gesichtsausdruck und Alex bemerkte, wie sein Freund damit rang, ob er den nächsten Satz aussprechen sollte. Doch schließlich entschied er sich dafür. „Sagt, Ulima: Entstammt Ihr nicht einer mächtigen Dschinnfamilie?"

Ulima fühlte sich geschmeichelt. „Oh, du hast Kenntnis davon?"

„Soweit ich weiß, blickt Ihr auf viele Generationen von Magiern in Eurer Familie zurück."

„Das stimmt", bestätigte Ulima. „Unser Stammbaum ist geprägt von Dschinns. Und daher wollte auch Argus einer werden. Mächtig wollte er sein. Großes hinterlassen. Als Kind sind ihm auch einige sehr gute Zauber gelungen. Er hat viel geübt. Meistens zusammen mit Charda, seiner Schwester. Ich hatte die beiden sogar in die Lehre zu einem Großmeister geschickt. Doch dann ..." Sie atmete hörbar ein. Was jetzt kam, fiel ihr schwer auszusprechen. „Doch dann legte sich ein Schatten auf unser aller Schicksal. Charda verschwand. Und Argus wachte eines Morgens auf und hatte alle Magie in sich verloren. Er konnte sich das selbst nicht erklären. Er sagte, dass er aus einem sehr, sehr langen Traum erwacht sei, an dessen Inhalt er sich aber nicht mehr erinnern könne. Merkwürdig, oder? Es war gerade so, als habe man ihm sämtliche Magie geraubt. Und mir die Tochter, die ich so liebe."

Alex wich Ulimas Blick aus, denn natürlich war ihm klar, weshalb Argus eines Tages ohne Magie erwacht war. Denn Sahli und Alex hatten sie ihm ja genommen, damit er kein Unheil mehr anrichten konnte, und ihn ohne jede Zauberkraft in seine Kindheit zurückgeschickt. Doch das durfte er natürlich nicht zugeben.

Ulima blickte gedankenverloren in den Himmel. Alex vermutete, dass all diese Erinnerungen sie gerade wie eine Welle überfluteten und Gefühle in ihr weckten, die sie lange verdrängt hatte.

Dann nahm Ulima ihre Rede wieder auf. „Natürlich habe ich mit meiner eigenen Magie versucht, Argus' Fähigkeiten wieder zu erwecken. Sogar unseren Ältesten habe ich um Rat angefleht, doch alle Mühe war vergebens. Es ist, als ob sich eine unsichtbare Mauer um ihn gebildet hat, die jegliche Magie verhindert, ob von innen oder außen. Irgendwann musste ich einsehen, dass es keinen Zweck mehr hatte, und gab auf. Mir fehlte Charda und ich konnte Argus nicht helfen. Also entschied ich mich, ihm ein einfaches, normales Leben zu ermöglichen und schickte ihn zu Yussuf in die Lehre."

Sie sah die beiden Freunde an und ein Lächeln erschien auf ihrem Gesicht. „Und so versteht ihr sicher meine unglaubliche Freude, als heute Charda plötzlich vor mir stand. Eine doppelte Freude! Denn mein Kind ist zurückgekehrt und mit ihr auch alle Magie, die sie in sich trägt. Meine Familie wird also weiterhin eine Magierfamilie bleiben. Ich kann mein Glück kaum in Worte fassen."

Freudentränen schimmerten in ihren Augen und Alex

überlegte, ob er ihr verraten sollte, dass ihr eigener Sohn Argus für all den Kummer verantwortlich war, den sie in den vergangenen Jahren erlitten hatte. Wenn er seine Schwester nicht überlistet und in ein Glas gesperrt hätte, wenn er sich nicht der bösen Magie verschworen, sondern Gutes bewirkt hätte, wäre es nicht nötig gewesen, ihm seine magischen Kräfte zu nehmen und ihn als ganz normalen Jungen zurück zu seiner Familie zu schicken. Argus hatte sich selbst zuzuschreiben, was ihm geschehen war. Alex hätte Ulima das alles gern erzählt, doch ihm wurde klar, dass sie keine Zeit mehr verlieren durften. Vielleicht ergab sich irgendwann später noch einmal die Gelegenheit, mit ihr zu sprechen und ihr diese Dinge zu erklären. Jetzt aber mussten Sahli und er sich um etwas Wichtigeres kümmern.

„Argus“, stieß Sahli im gleichen Moment hervor. „Wir sollten ihn unbedingt aufsuchen.“

Ulima wischte sich die Freudentränen aus den Augen. „Ja, tut das. Es wird ihm guttun, neue Freunde kennenzulernen.“

Das glaube ich nicht, dachte Alex.

„Vielleicht ist Charda ja auch schon bei ihm“, sagte Ulima.

Das hoffe ich nicht, dachte Alex.

„Habt vielen Dank“, sagte Sahli und verbeugte sich. „Ihr habt uns sehr geholfen.“

Ulima freute sich. „Nehmt meinen Gruß mit zu meinem Sohn. Ihr findet ihn an der Oase ganz im Norden. Eine Stunde Fußmarsch von hier.“

„Danke“, antwortete Sahli. Diese Oase kenne ich.“

„Dann alles Gute euch!“, entließ Ulima die beiden Jungen, und als sie losstürmten, blickte sie ihnen lange gedankenverloren nach.

IN UNERREICHBARER FERNE

Sie hatten die Zeltstadt schon lange hinter sich gelassen und Alex fiel es zunehmend schwerer, durch die Hitze zu laufen. Sahli hatte seit der Begegnung mit Ulima keinen Ton mehr gesagt. Schlimmer noch: Er wirkte bedrückt, beinahe traurig. Alex konnte sich das nicht erklären, wollte sich seinem Freund aber auch nicht aufdrängen. Doch jetzt, wo sie schon so eine lange Zeit schweigend nebeneinander herliefen und die Erschöpfung sich einstellte, da hielt er es nicht mehr aus.

„Ist was?“, fragte er geradeheraus.

Sahli blieb stehen, wandte den Kopf und schaute

gedankenverloren in die Ferne, in die scheinbar endlose Wüste hinein.
Alex musste an den Hirten denken, der ganz unbewusst zu dem geschaut hatte, was er verheimlichen wollte. Und jetzt, wo Sahli in die Unendlichkeit der Wüste blickte, fiel es Alex wie Schuppen von den Augen. „Du vermisst dein Zuhause, oder? Und das liegt in dieser Richtung da, nicht?"
Er konnte sehen, wie sich in Sahlis Augen Tränen bildeten, aber noch immer sagte er nichts.
„Möchtest du dort vorbeischauen?", schlug Alex vor.
„Keine Zeit", erwiderte Sahli knapp. „Wir müssen doch Argus finden, bevor Charda ihn erreicht. Nicht auszudenken, was geschehen kann, wenn die beiden sich zusammentun."
„Das hier scheint auch sehr wichtig zu sein", wandte Alex ein. „Einen Blick auf deine Eltern zu werfen, einmal in der Nähe deines Zuhauses zu stehen ..."
Sahli seufzte. „Ach, Alex! Das wäre zu schön. Aber wir dürfen uns jetzt nicht durch Gefühle vom eigentlichen Ziel abbringen lassen. Wenn Charda Argus findet und

ihn von meinem Zauber befreit, war all unsere Mühe, die Schale des Glücks vor dem magischen Zirkel zu schützen, völlig umsonst."
Alex verzog das Gesicht. „Wahrscheinlich hast du recht", musste er zugeben, auch wenn es ihm schwerfiel. „Folgender Vorschlag: Sobald wir verhindert haben, dass Charda Argus findet, kommen wir hierher zurück. Dann haben wir auch Zeit für deine Familie."
Sahlis Gesichtsausdruck hellte sich auf. „Das ist ein guter Vorschlag, Alex", sagte er. „Danke!"
Damit wandten sie sich um und gingen weiter.
Nach einer kurzen Zeit zeigte Sahli in die Richtung, in die er eben noch so sehnsüchtig geschaut hatte. „Dort ist mein Zuhause", erklärte er und wies dann in die entgegengesetzte Richtung. „Dort liegt die Stadt, vor der Argus mir damals aufgelauert hatte, um mich zu verfluchen und in die goldene Kugel zu stecken." Nun wies er mit dem Finger in die Ferne. „Und dort ..."
„Warte!" Alex hob beide Hände in die Höhe. „Ich weiß! Ich kenne doch deine Geschichte. Zwischen deinem Zuhause und dieser Stadt liegt eine weitere

Oase. Hab ich recht? Das ist die nördliche Oase, von der Ulima vorhin gesprochen hat. Und da bist du Argus zum ersten Mal begegnet."

Sahli war beeindruckt. „Gut gemerkt, Alex. In dieser ganzen Gegend gibt es nur zwei Oasen, an denen man seine Kamelherde zum Wasser führen kann. An der einen waren wir vorhin und dort hattest du nach Argus' Versteck gesucht."

„Und die zweite Oase liegt also in dieser Richtung", ergänzte Alex und verspürte keine Müdigkeit mehr. Im Gegenteil. Jetzt war es nicht mehr weit.

„Was ist denn hier passiert?" Liv blickte sich in dem Raum um, als würde sie ihn zum ersten Mal betreten. Auch Sally war geschockt. „Ich dachte, du wolltest aufräumen, Aurelius! Das sieht aber ganz nach dem Gegenteil aus."

Die Bücher waren fast allesamt aus den Regalen herausgenommen und wild im Raum verstreut worden. Von den Kisten und Kästen standen einige offen übereinander. Schubladen waren aufgerissen,

Schränke weit geöffnet worden. Und inmitten von diesem Chaos saßen Kadabra und Bim und wirkten völlig hilflos und ohnmächtig.

„Er ist verrückt geworden", sorgte sich Bim.

„Das geht schon seit Stunden so", erklärte Kadabra und blickte ebenfalls voller Sorge auf den alten Mann, der in all dem Durcheinander hin und her lief und dabei vor sich hinmurmelte: „Es war ganz gewiss hier. Ganz gewiss!"

„Aurelius?", versuchte Liv es, doch Aurelius reagierte nicht. Sally bahnte sich schließlich über die ganze Unordnung hinweg einen Weg zu ihm. Vorsichtig berührte sie ihn am Arm. „Aurelius?"

Jetzt erst kam der alte Mann zu sich. „Was? Wie? Ach, ihr seid es. Kommt doch herein."

„Wie denn?", fragte Liv und zeigte auf den verwühlten Raum.

Da bemerkte Aurelius das Chaos, das er angerichtet hatte. „Oh ... Oh, was ist denn ... was hab ich denn ...?" Er klang verwirrt.

Liv rannte nach unten, um ihm ein Glas Wasser

zu holen, während Sally den Sessel, so gut es ging, freiräumte und ihn Aurelius anbot.

„Setz dich erst einmal und komm zur Ruhe", bat sie, doch Aurelius winkte ab. „Das geht nicht. Das kann ich nicht. Ich muss Eichenstaub finden."

„Eichenstaub?" Sally hob die Augenbrauen. „Eichenstaub? Hier in diesem Raum gibt es jede Menge Staub, aber ob da auch welcher von Eichen ..."

„Quatsch!", schimpfte Aurelius.

Sally seufzte. „Ich verstehe dich nicht."

Liv kam herein, in ihren Händen ein hohes Glas Wasser. „Was verstehst du nicht?"

„Aurelius sucht irgendeinen Staub."

Jetzt hob auch Liv die Augenbrauen an. „Was?"

Kadabra dagegen maunzte mitfühlend und erklärte: „Schon seit Stunden rennt er durch den Raum und spricht von diesem Eichenstaub."

Bim blickte zu ihr. „Aber was ist denn Eichenstaub?"

Keiner wusste eine Antwort. Und so beobachteten sie weiter Aurelius, wie er in seinem geheimen Zimmer hin und her rannte, völlig unfähig, ihm zu helfen.

Bis Bim plötzlich erschrak und alle viere von sich streckte.
„Oh, nein!“, rief Kadabra und Baklebrud entfuhr ein: „Nicht schon wieder!“
Liv und Sally sprangen zu ihnen. Und sogar Aurelius hielt jetzt in seinem Tun inne und fragte ängstlich: „Was ist mit ihr? Eine neue Vision?“
Bim verdrehte die Augen, dann sprach sie: „Sie müssen das wissen! Sie müssen das wissen!“
„Wer?“, rief Aurelius zurück. „Wer muss was wissen?“
Doch Bim gab keine weiteren Worte von sich. Ihre Augen kugelten wieder zurück und sie kam langsam zu sich. „Was war los?“
Kadabra streckte die Pfoten nach ihr aus und zog die Maus schützend an sich, als Sally mit einem Mal aufschrie: „Seht nur dort! Feuer!“
Aus einem der hinteren Regale stieg Rauch hervor.
„Oh, du meine Güte!“, entfuhr es Aurelius, während er auch schon zu dem Regal hechtete und ein Buch hervorriss, an dem eine Flamme züngelte. Aurelius pustete fest dagegen und die Flamme erstarb.

„Alles in Ordnung?“, fragte Sally besorgt.
Aurelius wollte ihr gerade antworten, da musste er mit einem Mal auflachen und rief, das Buch fest an sich gedrückt: „Jippieh und Hurra!“
„So!“, sagte Liv entschieden. „Jetzt ist es so weit. Jetzt ist er völlig verrückt geworden.“
„Nein, nein! Ach was!“, jubelte Aurelius. „Im Gegenteil: Nun bin ich zufrieden.“ Er hielt das Buch so, dass die Zwillinge den Einband lesen konnten. „Magische Flüche und ihre Bedeutungen“ stand in alter Schrift darauf und außerdem: „Zusammengetragen von Julius Eichenstaub“.
Sally schlug sich an die Stirn. „Ach, so! Eichenstaub – das ist ein Autor.“
„Und Wissenschaftler“, ergänzte Aurelius. „Was hast du denn in diesem Raum voller Bücher sonst erwartet?“
„Na ja, es ist ja auch ein Raum voller Staub.“
Aurelius lachte. „Da hast du wohl recht“, sagte er und blätterte bereits konzentriert in den Seiten des Buches. „Wisst ihr, nach dem Bericht durch meinen

Großvater Korbinian habe ich in einem Fachblatt über orientalische Bräuche einen Artikel des berühmten arabischen Forschers Kadir Radisch gefunden, der darauf verweist, dass bereits der englische Professor Sir Paul Mortimer in den frühen Aufzeichnungen von Julius Eichenstaub Hinweise auf Gestaltwandler gefunden hat."

Liv schnaubte. „Ach so! Du bist auf der Suche nach Infos über Chardas Magie!"

„Gestaltwandler", wiederholte Sally nachdenklich und Baklebrud ergänzte: „Also die Magie, die Charda beherrscht."

„Erst wollte ich nur Ordnung schaffen", sagte Aurelius, dessen Worte angesichts des riesigen Durcheinanders, in dem er stand, etwas merkwürdig wirkten. „Aber dann habe ich diesen Artikel entdeckt und mich auf die Suche nach dem Buch hier begeben, um ... um ..." Plötzlich riss er erschrocken die Augen auf. Panik stand ihm ins Gesicht geschrieben. „Oh! Oh, nein!", rief er. „Sahli! Alex! Sie sind in großer Gefahr!" Aurelius zeigte mit dem Finger auf die Zeilen

des Buches in seiner Hand und rief noch lauter: „Sie müssen das wissen! Sie müssen das wissen! Chardas Zauber ist mächtiger, als wir alle gedacht hatten!“

Alex und Sahli konnten schon bald die obersten Blätter der Palmen erkennen, die rund um die Oase standen.

„Es ist ein merkwürdiges Gefühl, wieder hierherzukommen“, stieß Sahli aus. „Hier hat alles seinen Anfang genommen.“

Alex hätte ihm gern etwas Aufmunterndes geantwortet, doch bevor er etwas sagen konnte, zeigte Sahli aufgeregt in Richtung der Oase und rief: „Dort! Siehst du ihn?“

Alex schaute wieder nach vorn. Er konnte mehrere Kamele an der Oase erkennen. Manche lagen im Wüstensand und zwei von ihnen hatten den Kopf tief zum Wasser herabgesenkt, um trinken zu können. Doch ansonsten erblickte Alex – nichts.

Sahli lächelte und sie gingen näher heran.

„Und?", fragte Sahli schließlich wieder ungeduldig. „Siehst du ihn?"
Alex gab sich Mühe. Er streckte den Kopf vor und kniff die Augen zusammen. Eine Hand hielt er wie den Schirm einer Kappe über die Augen, um sich gegen das helle Sonnenlicht zu schützen. Aber noch immer: „Nein. Wo denn?"
„An der Oase."
Alex grinste. „Das ist mir schon klar. Aber wo denn da?"
„Links!"
Alex hätte verzweifeln können. „Da sehe ich nur zwei Kamele, die nebeneinander im Sand liegen und sehr zufrieden aussehen. Aber sonst ... nichts."
„Nichts?" Sahli hatte seine gute Laune wiedergefunden.
„Na ja, zwei Palmen und 'ne Menge Sand", antwortete Alex, der nur seinem Freund zuliebe noch mitspielte.
„Schau mal genauer zu den Kamelen."
Alex tat ihm den Gefallen. „Die haben Seile um den Hals gebunden."

„Richtig. Damit werden sie geführt. Und weiter?“

„Sie haben Decken auf ihren Rücken, zwischen den Höckern.“

„Damit werden sie markiert. Und natürlich sitzt man dann besser auf ihnen, weil man ...“

„Da!“ Plötzlich wurde Alex ganz aufgeregt. „Vor den beiden Kamelen. Da liegt eine weitere Decke.“

„So?“

„Ja. Und auf der Decke kniet ein Mensch. Ein Junge. Ein ...“ Er blieb verblüfft stehen. „Das ist Argus! Argus kniet dort. Und er macht so komische Gesten. Völlig übertrieben. Weißt du, was ich glaube? Er versucht zu zaubern.“

„Er kann wohl noch immer nicht glauben, dass er keine magischen Kräfte mehr hat“, vermutete Sahli, während sie sich vorsichtig Argus näherten. Der war allerdings so tief in Gedanken, dass er seine Besucher gar nicht bemerkte. Er hatte die Hände ausgebreitet und wirkte hochkonzentriert, doch was immer er wollte, es schien ihm nicht zu gelingen, denn im nächsten Moment schimpfte und fluchte er vor sich hin.

Alex konnte seinen Blick gar nicht mehr von Argus abwenden. Er schätzte ihn auf elf oder zwölf Jahre.
„Unglaublich“, stieß er hervor.
Sahli schien es ähnlich zu gehen. Bloß war er auf diesen Anblick mehr gefasst gewesen als Alex. „Ich hatte ihn ja in einen Jungen verwandelt und nach Hause geschickt“, erinnerte Sahli seinen Freund. „Das ist mir wohl auch gelungen. Und wo ich Argus jetzt so sehe, frage ich mich erst recht, was bei meinem Zauber schiefgelaufen ist. Versteh mich nicht falsch, Alex! Ich freue mich, dass uns das Schicksal zusammengeführt hat und wir uns kennenlernen konnten. Aber es müsste alles anders sein.“
Alex verstand, was Sahli meinte, aber ein anderer Gedanke ging ihm durch den Kopf. „Wir haben noch gar nicht darüber gesprochen, was wir jetzt vorhaben. Wie sieht denn unser Plan aus?“
„Oh, ich habe mir bereits Gedanken gemacht. Nur ein dummes Kamel geht ohne Wasservorrat in die Wüste, sagt ein Sprichwort. Hör zu: Solange es noch so viele offene Fragen gibt, müssen wir verhindern, dass

Charda Argus findet. Die Gefahr ist zu groß, dass sie gemeinsam wieder den magischen Zirkel zu erwecken versuchen."

„Boah, und dann geht alles von vorne los." Alex atmete hörbar aus. „Bloß nicht."

Sahli blickte nachdenklich auf den jungen Argus. „Wir sollten Argus vor ihr verstecken und ihn dazu bringen, dass er uns erzählt, was damals genau passiert ist. Warum Charda plötzlich verschwand. Das scheint der Schlüssel des Ganzen zu sein. Ich kann es über meine Magie probieren. Ich weiß nur noch nicht, wie. Aber wir müssen Charda zuvorkommen."

„Warum nimmst du ihn nicht einfach mit uns zurück und zauberst uns alle drei wieder zu Opa und den anderen?", fragte Alex.

Sahli verzog nachdenklich das Gesicht. „Das könnte einen großen Schock bei ihm verursachen. Argus befindet sich ja schon in einem Zauber und ahnt nichts davon. Wenn ich ihn jetzt ohne jede Vorbereitung auf eine Zeitreise schicke, könnte das ungeahnte Folgen haben."

„Und was machen wir dann?"

„Ich muss ihn berühren."

„Was?"

„Ich muss erfühlen, wie sehr mein jetziger Zauber ihn im Griff hat. Danach kann ich einschätzen, was wir am besten tun sollten."

Alex verstand. „Dann gehen wir jetzt also zu ihm, um ihm die Hand zu reichen, aber dürfen ihn dabei möglichst nicht erschrecken."

Sahli nickte. „Wenn er uns sieht – zwei Fremde in ungewohnter Kleidung –, wird er vielleicht davonlaufen. Wir müssen irgendwie versuchen, Vertrauen zu ihm aufzubauen."

„Dann sollten wir besser nicht zu zweit anrücken", schlug Alex vor. „Besser, du gehst erst mal alleine zu ihm. Und dann schauen wir, wie er reagiert."

„Gute Idee."

Alex ließ seinen Blick über die Oase schweifen. „Währenddessen könnte ich einmal um die Oase herumlaufen und mich von der anderen Seite nähern. Denn wenn er sich doch vor dir erschreckt und wegläuft, kann ich dort auf ihn warten und vielleicht beruhigen."

„Das ist ein super Vorschlag, Alex! So machen wir es."

„Warte einen Moment! Ich laufe erst los und verstecke mich dann in einem Gebüsch ganz in Argus' Nähe. Danach kannst du dich ihm nähern. Einverstanden?"

Sahli strahlte. „Einverstanden!"

Alex verlor keine Zeit mehr. Er wandte sich um und rannte sofort los.

Sahli blickte ihm nachdenklich hinterher. Er war überaus dankbar für diese besondere Freundschaft zu Alex. Mit ihm an der Seite war alles viel leichter. Die beiden waren mittlerweile ein richtig eingespieltes Team. Argus hatte Sahli damals großes Unrecht getan, als er ihn für Jahrhunderte in eine goldene Kugel gesperrt hatte. Doch aus diesem fürchterlichen Unglück war ein großes Glück entstanden. Denn ohne Argus' hinterhältigen Fluch von einst wäre die heutige Freundschaft mit Alex nie zustande gekommen.

„Jede Krise birgt auch Hoffnung", schoss es Sahli

durch den Kopf. Diesen Spruch hatte er mal im Haus des Großvaters gelesen und der Satz hatte ihm gefallen. Die tiefere Bedeutung dieser Aussage erschloss sich Sahli allerdings erst jetzt, in diesem Moment.

Alex hatte bereits die gegenüberliegende Seite der Oase erreicht, als Sahli sich aus seinen Überlegungen riss. „Es wird Zeit für mich", flüsterte er sich selbst zu und ging auf Argus zu. Er näherte sich dem Jungen sehr vorsichtig. In ihm überschlugen sich die Gefühle. Einerseits hatte er große Angst, einen Fehler zu begehen, andererseits machte es ihm Mut, dass sich Alex ganz in der Nähe hinter einem Busch versteckt hielt und im Notfall einspringen konnte.

Jetzt waren es nur noch wenige Schritte, die Sahli von Argus trennten.

„Hallo", begann Sahli, hielt dann aber inne. Das war wohl eher die Sprache aus Alex' Zeit. Hier begrüßte man sich anders. „Sei gegrüßt", korrigierte er sich.

Argus drehte den Kopf herum und bemerkte Sahli.

„Sei auch du gegrüßt. Bist du fremd hier?"

Darauf wusste Sahli keine Antwort. Ja, er war fremd hier. Fremd in seiner eigenen Heimat. Alles hier war ihm vertraut und fremd zugleich. Er beschloss, nicht darauf einzugehen, weil er die Antwort auf diese Frage nicht kannte.

„Wie ist dein Name?“, versuchte er sie stattdessen zu umgehen.

Jetzt erhob sich Argus von seinem Platz und betrachtete Sahli skeptisch. „Warum willst du das wissen?“

„Nun, ich kam hier vorbei, sah dich und dachte, ich spreche dich an.“

„Das hast du ja getan. Dann kannst du wieder gehen.“ Argus schien tatsächlich großes Misstrauen Sahli gegenüber zu hegen.

Also versuchte es Sahli auf eine andere Weise. „Ich möchte dir gern die Hand reichen“, sagte er. „Zur Begrüßung. Da, wo ich gerade herkomme, da machen das die Leute so.“

„Wozu?“

„Das nennt man Höflichkeit.“

Argus verzog das Gesicht. „Warum soll ich zu dir höflich sein, wenn du ohnehin gleich weitergehst."
„Ich kann auch bleiben, wenn du magst."
Argus schüttelte den Kopf. „Nein! Du störst mich. Geh jetzt!"

„Warte ...“, bat Sahli erneut, doch er spürte bereits, dass Argus sich nicht darauf einlassen würde. Und tatsächlich: „Du bist mir fremd. Ich will dir nicht die Hand reichen. Geh deines Weges!“ Zornig trat Argus mit dem Fuß auf.

Sahli machte trotzdem einen weiteren Schritt auf Argus zu und da bekam es dieser mit der Angst zu tun. Ohne noch etwas zu antworten, lief er einfach davon.

„Bleib doch“, rief Sahli ihm hinterher. „Ich will dir nichts Böses. Ganz im Gegenteil.“

Aber Argus rannte schon an den Kamelen vorbei, die er zu betreuen hatte, als ein weiterer Junge aus dem Gebüsch trat.

Oh nein, Alex, dachte Sahli nur. Es war doch ein Fehler gewesen. Jetzt wird Argus erst recht Angst vor uns haben.

Allerdings geschah genau das Gegenteil. Sahli war über das, was nun vor sich ging, so erstaunt, dass er auf der Stelle stehen blieb. Statt vor Alex davonzulaufen, hielt Argus nämlich inne und trat sogar dicht an den Jungen heran.

Sahli war völlig verblüfft darüber. „Kompliment, Alex", flüsterte er. „Du scheinst wirklich sehr vertrauenserweckend zu wirken." Er lächelte erleichtert und ging auf die beiden zu, als er bemerkte, wie in Argus irgendetwas vorging. Er schien verunsichert, betrachtete den ihm völlig fremden Jungen nachdenklich und schien dann wohl Vertrauen zu fassen. Es wirkte fast, als würde Argus Alex schon sehr lange kennen, fand Sahli.

Sicherheitshalber blieb er erst einmal stehen. „Argus, hör mir zu ...", begann er, doch da unterbrach ihn Alex' Stimme. „Ist schon gut, Sahli. Argus braucht ein wenig Ruhe. Er geht mit Alex!"

Sahli verstand nicht und trat nun doch einige Schritte näher an die zwei heran. „Was? Aber wieso denn, Alex?"

„Sorge dich nicht", war die Antwort. „Argus muss sich beruhigen. Argus geht erst einmal mit Alex. Alex weiß, was zu tun ist."

Sahli kam noch ein Stück näher. „Was ist denn plötzlich los, Alex? Was ist mit unserem Plan und ...

und …“ Allmählich keimte in ihm ein Verdacht auf. „… und … und …“ Eine Vermutung machte sich in Sahli breit. „Und … und warum sprichst du so merkwürdig …“ Eine Vermutung, die ihn erschauern und ein Zittern durch seinen ganzen Körper laufen ließ.

Und als die beiden Jungen vor ihm sich noch einmal zu ihm umwandten und er in ihre Augen blicken konnte, da wurde seine Vermutung zur erschreckenden Gewissheit.

„Chardas Zauber ist mächtiger, als wir dachten?“, wiederholte Liv Aurelius’ Worte. „Was meinst du denn damit?“

Aurelius’ Finger klammerten sich um das Buch. „Da, seht selbst! Der alte Eichenstaub hatte sich seinerzeit viel mit der Magie der Verwandlung beschäftigt. Lest nur, was er schreibt!“

„Gib mal her“, sagte Liv, nahm das alte Buch an sich und las Sally, Bim und Kadabra laut vor: „… so habe ich es mir von mehreren unterschiedlichen Volksgruppen berichten lassen. Und sie alle waren sich einig. Sie alle berichteten das Gleiche, unabhängig voneinander und ohne, dass einer von den Erkenntnissen des anderen wusste."

„Weiter unten!", brummelte Aurelius. „Der letzte Abschnitt. Den musst du vorlesen."

Liv ließ den Blick auf der Seite herabgleiten und las weiter: „... sodass es wahren Gestaltwandlern möglich ist, wirklich jede lebendige Form anzunehmen. Nicht nur die von Tieren, sondern auch ..." Sie kam ins Stocken. „... sondern auch die Form von Menschen."

„Versteht ihr?", rief Aurelius besorgt. „Sie kann Alex und Sahli in eine Falle locken, von der sie nichts ahnen!"

KAMPF UM ARGUS

Sahli erkannte die dreieckige Pupille. Er stand Charda gegenüber! Nicht Alex. Es war Charda, in der Gestalt von Alex!

„Argus geht jetzt mit Alex“, erklärte Charda noch einmal mit Alex’ Stimme.

„Ihr geht nirgendwo hin!“, widersprach Sahli und da wurde Charda klar, dass er sie erkannt hatte. Sie schlang ihre Arme um Argus. „Er bleibt bei Charda!“, sagte sie bestimmt und verwandelte sich in ihre eigene Gestalt zurück.

Argus schaute gebannt zu ihr. „Charda? Du bist wieder hier? Was passiert denn nur in letzter Zeit um mich herum?“

Charda nickte. „Charda wird dir alles erklären, Argus. Später!“ Sie blickte zu Sahli, der überrascht war, wie müde und erschöpft Charda wirkte.

„Wo ist Alex?“, fragte Sahli hastig.

„Es geht deinem Freund gut“, antwortete sie. „Er schläft.“

„Er schläft?“

Charda deutete auf die andere Seite der Oase. „Charda hat ihm aufgelauert und ihn zum Schlafen gebracht. Und nun wird Charda ihren Bruder mit sich nehmen. Er muss Charda helfen.“

Sahli schüttelte den Kopf. „Das kann ich leider nicht zulassen“, erwiderte er, während seine Hand in die Hosentasche glitt und nach der Zauberkugel griff.

„Charda lässt dir keine Wahl. Geh nach Hause, Sahli!“

Sahli zeigte auf Argus. „Er kann nicht mit dir kommen, Charda. Er muss mit uns gehen.“

Charda schüttelte den Kopf. „Er ist der Schlüssel zu Chardas Rettung. Er geht mit Charda.“

Sahli zog die Kugel aus seiner Hosentasche. „Tut mir leid, Charda. Ich kann das nicht zulassen“, sagte

er, während sich im gleichen Moment ein kleines Licht in der Kugel bildete, das augenblicklich hervorgeschossen kam und sich um Charda legte, um sie zu lähmen.
„Was ... Was soll das?", schimpfte Charda und Argus brüllte: „Was macht er da?"
Charda versuchte, sich gegen den Zauber zu wehren, doch sie konnte sich nicht rühren. Allerdings wusste sie, was zu tun war. „Dieser Lähmungsfluch für Menschen überzeugt Charda nicht", raunte sie und begann, ihre Gestalt zu ändern. Aus ihrem Rücken kamen plötzlich Flügel hervor. Ihre Beine und Füße zogen sich zusammen, während sich ihr Gesicht in die Länge verformte. Schließlich stand sie als Geier an Argus' Seite und hatte ihre Bewegungsfähigkeit zurück.
Vor den erstaunten Augen Sahlis streckte sie ihre Flügel aus. Sie erhob sich in die Luft, packte Argus dabei an den Schultern und zog ihn mit sich in die Höhe.
Sahli blickte ihnen nach. Er hätte nicht damit

gerechnet, dass Charda auf diese Weise seinem Lähmungszauber entgehen konnte. Doch schnell besann er sich, drehte die Kugel in seinen Händen und richtete seinen Blick auf Charda und Argus. Das Licht der Kugel schoss empor und legte sich auf Chardas Krallen, die Argus festhielten. Sahli schloss die Augen und konzentrierte sich darauf, diesem Licht ein Gewicht zu geben. Er machte es erst kiloschwer, dann

tonnenschwer, sodass Charda mit Argus langsam wieder in Richtung Boden gezogen wurde.
„Du Sohn einer kratzigen Krabbe!", schimpfte Charda, die spürte, dass ihr mehr und mehr die Kräfte schwanden. „Lass Charda in Ruhe!"
Sahli beschwerte das Licht seiner Kugel nur noch weiter. Und obwohl sich Charda mit kräftigen Flügelschlägen wehrte, konnte sie es irgendwann nicht länger halten und das Gewicht ließ die beiden schließlich wieder auf dem sandigen Boden aufsetzen.
Argus sprang wütend vor Sahli auf und ab. „Das sollst du mir büßen! Wie kannst du es wagen?" Er wandte sich an Charda. „Los! Steh auf! Verwandle dich in einen Elefanten und schieß diesen Jungen mit einem Rüsselschlag auf die andere Oasenseite zu seinem Freund."
Charda aber reagierte nicht. In ihrer Geiergestalt lag sie am Boden und rang nach Luft. Argus wandte sich zu ihr um. „Hast du nicht gehört? Was ist denn los mit dir?"
Charda rang nach Atem. „Charda ist erschöpft.

Charda ist ermüdet. Zu viele Verwandlungszauber für einen Tag. Charda muss sich ausruhen."

„Ausruhen?" Nun sprang Argus aufgebracht vor ihr auf und ab und wedelte dazu noch mit den Armen. „Du darfst jetzt nicht ausruhen! Du musst etwas tun. Du musst dich wehren."

„Charda ist erschöpft!"

„Na gut, dann verzaubere mich! Mach einen Löwen aus mir, dann werde ich diesen Jungen davonjagen!"

Charda schüttelte nur müde den Kopf. „Charda kann keine anderen Menschen verwandeln", brachte sie mühsam hervor.

Sahli kam auf Argus zu, aber der wollte sich nicht ergeben. Er rannte zu einer der Palmen und griff nach einem Stock, der sonst als Wanderstab benutzt wurde. Wild fuchtelte er damit vor Sahlis Gesicht herum.

„Geh weg! Hau ab! Lass mich in Ruhe!"

Auch Sahli war inzwischen erschöpft. Er musste sich entscheiden: Entweder kümmerte er sich um Charda oder um Argus. Um es mit beiden aufzunehmen, fehlte ihm die Kraft.

In diesem Moment fiel ihm nur eine Möglichkeit ein, die Situation zu retten. Doch gerade diese Möglichkeit stach ihm ins Herz.

„Tut mir leid, Argus! Du musst mir verzeihen, was ich jetzt mache“, sagte er und warf sich mit letzter Kraft auf Argus. Der versuchte noch, den Angriff mit dem Stock abzuwehren, aber Sahli war schneller. Er schlug ihm den Stab aus der Hand und berührte Argus am Arm. Sofort spürte er, dass Argus diesen einen Zauber noch würde aufnehmen können. Also richtete Sahli das Licht der Zauberkugel auf Argus, der augenblicklich kleiner und kleiner wurde.

„Geh doch endlich weg!“, rief Argus noch wütender, als er merkte, was mit ihm vorging.

„Nein“, schrie Charda und schlug schwach mit ihren Geierflügeln. „Lass ihn!“ Sie versuchte aufzustehen, doch sie war zu ermattet.

Argus klopfte sich gegen seine Kleidung, gerade so, als könne er dadurch das Schrumpfen von sich abschütteln. „Was tust du denn da? Was hast du mit mir vor?“

„Entschuldige, Argus“, flüsterte Sahli. Seine Stimme versagte allmählich, denn als Argus nur noch die Größe eines kleinen Fingers aufwies, wurde die Erinnerung an Sahlis eigene Verwandlung zu stark. Es tat ihm leid, dass er Argus dasselbe antun musste, was dieser Magier einst mit ihm getan hatte.

Sahli ließ sich auf die Knie fallen, griff nach dem zappelnden Argus und hob ihn zwischen den Fingern in die Höhe.

„Lass mich! Lass mich!“, schrie Argus aufgebracht.

Charda versuchte unterdessen weiterhin verzweifelt, sich in ihre Gestalt zurückzuverwandeln, um Sahli zu stoppen und ihren Bruder zu befreien, aber es wollte ihr einfach noch nicht gelingen. Zu groß war ihre Erschöpfung.

So konnte sie bloß mit ansehen, wie Sahli den sich wehrenden Argus in seine Zauberkugel steckte.

„Es tut mir leid“, wiederholte Sahli noch einmal. „Ich weiß, wie schrecklich es in diesem engen Gefängnis ist. Aber ich verspreche dir, ich werde dich nicht für Jahrhunderte darin festhalten, so wie du es mit mir gemacht hast. Es ist nur für einen kurzen Moment und für eine schnelle Reise."

Argus hörte ihm gar nicht zu. „Lass mich los!"

Als aber seine Füße das Innere der Zauberkugel berührten, da senkte sich ein tiefer Schlaf auf ihn. Und wie damals Sahli schlief jetzt Argus sanft in der Kugel ein und gelangte ruhig in einen schwebenden Zustand.

Sahli atmete tief ein. Er chamälisierte die Zauberkugel mit Argus darin so klein, dass er sie wieder in die Hosentasche stecken konnte, und wandte sich dann Charda zu.

Doch sie war verschwunden!

Sahli blickte sich hektisch um. Von der Geiergestalt waren nur noch Spuren im Sand zurückgeblieben.

Sahli blickte zum Himmel. Auch dort war kein Geier zu sehen. Er stand allein an der Oase, als ihm plötzlich etwas einfiel. „Alex!"

Sahli wollte am liebsten zu ihm rennen, aber er war zu erschöpft. Also schleppte er sich die Oase entlang, bis er hinter einem der Büsche Alex' Schuhe erkannte.

Jetzt fasste er neue Kraft. „Alex!“, rief Sahli aus und stolperte zu dem Gebüsch. Er warf sich auf den Boden und drückte die Zweige, hinter denen Charda Alex versteckt hatte, zur Seite und erschrak: Alex war von oben bis unten in ein Spinnennetz eingewebt! Charda musste sich vor ihrer Begegnung mit Sahli in eine riesige Spinne verwandelt und Alex eingewickelt haben. Dann hatte sie ihn anscheinend mit einem Spinnengift betäubt.

Sahli griff in die Spinnweben und riss sie auseinander. „Alex!“, rief er immer wieder. „Alex!“

Und langsam kam sein Freund zu sich. „Was? Wie? Gibt's schon wieder Frühstück?“, fragte er noch leicht benommen.

Sahli musste lachen, trotz aller Sorge und verwirrenden Gefühle in seinem Inneren. „Nein, Alex. Es gibt kein Frühstück. Lass uns nach Hause reisen.“

Alex sah sich um. Plötzlich kehrten seine Erinnerungen zurück. „Sahli, du wirst es nicht glauben, aber Charda ist hier!“, rief er. „Sie hatte sich in eine Spinne verwandelt. Riesig groß. Und dann hat sie dieses Netz über mich geworfen und mich eingewickelt und ..."

Sahli half Alex auf die Beine und ließ sich alles berichten. Und erst, als er Alex in Ruhe erzählt hatte, was sich an der Oase zugetragen hatte, während sein Freund gefangen gehalten worden war, griff Sahli schließlich nach der goldenen Kugel und brachte Alex und sich zusammen mit dem winzigen Argus in der Kugel zurück in das Haus von Oma Ilse und Aurelius.

DER GEFAHR ENTKOMMEN?

„Ihr habt es geschafft!“ Die Freude von Aurelius und den anderen war überwältigend groß.

„Wir haben uns wirklich Sorgen gemacht“, sagte Liv, während sie Sahli fest an sich drückte.

„Riesige Sorgen“, bestätigte Sally, die Alex an sich drückte.

„Nun erzählt doch mal, was geschehen ist“, bat Aurelius, der es gar nicht erwarten konnte, alles zu erfahren. Er nahm in seinem Sessel Platz und die Freunde setzten sich im Halbkreis um ihn herum.

Auch Kadabra und Bim gesellten sich dazu.

Nun berichteten Alex und Sahli ausführlich, was

geschehen war, und die anderen hörten aufmerksam zu. Bloß, als es darum ging, wie Sahli Argus verkleinern und in die Kugel stecken musste, versagte ihm fast die Stimme.

Aurelius ahnte, was in dem Jungen vorging. „Das war sicher nicht leicht für dich, oder?"

„Die Erinnerungen waren einfach übermächtig", antwortete Sahli. „Ich wollte Argus nicht das antun, was er mir angetan hatte, aber ich habe auch keinen anderen Ausweg gesehen."

Er zog die Kugel aus der Hosentasche.

„Knödel die doch mal größer", bat Alex und Sahli drehte die Kugel in seinen Händen, bis sie etwa die Größe eines Tennisballs hatte. Nun beugten sich alle nach vorn und reckten ihre Köpfe.

„Da ist Argus drin?", fragte Bim, die sich das kaum vorstellen konnte.

„Man sieht ihn gar nicht", bemerkte Kadabra.

„Er schläft", erklärte Sahli. „Und die Kugel schützt ihn. Er kann nur erwachen, wenn er angesprochen wird. So, wie es bei mir damals war."

Sahli drehte die Kugel nachdenklich in seinen Händen. „Nun muss ich mir überlegen, was ich mit ihm mache. Auf keinen Fall soll er für längere Zeit in der Kugel bleiben. Das hat er mir damals angetan und daher weiß ich, wie furchtbar das ist. Ich kann ihn nicht für immer dort einsperren. Aber wohin mit ihm?"

„Er könnte in unser Puppenhaus", schlug Liv vor und Sally ergänzte lachend: „Da hätte er Möbel und Kleider ..."

Alex lachte Sahli zu. „Und du könntest ihm ein paar Bücher kleinzaubern. Dann kann er sich mit Lesen die Zeit vertreiben."

„Und wir würden ihn bewachen", warf Bim ein, doch Kadabra rümpfte ihre Katzennase.

„Ich bin doch keine Palastwache", beschwerte sie sich. „Ich bin eine Ausnahmekatze. Etwas Außergewöhnliches. Etwas Besonderes. Etwas außergewöhnlich Besonderes. Wenn schon jemand bewacht werden sollte, dann ganz sicher ich. In einem Museum. Eigens für mich gebaut und ..."

„Ja, ja, ist ja schon gut!“, seufzte Baklebrud. „Wir haben verstanden.“

Aurelius blickte ernst in die Runde. „Was ich nicht verstanden habe: Wo könnte Charda stecken?“

Sahli machte ein ratloses Gesicht. „Diese Antwort kann ich dir nicht geben, Aurelius. Ich weiß es nicht.“

„Und eigentlich ist es auch egal“, entgegnete Alex. „Wir haben die Situation gerettet. Argus ist hier und Charda steckt irgendwo in Arabien. Denn Zeitreisen gehören nicht zu ihrer Sorte Magie, richtig? Wir haben also erst einmal nichts zu befürchten.“

Aurelius nickte. „So habe ich das noch gar nicht gesehen. Du hast recht: Erst einmal sind wir alle sicher!“

Alex' Blick huschte zu Sahli. „Dann können wir jetzt deine Familie besuchen ...“

Sahli strahlte ihm augenblicklich entgegen. „Ich denke, du magst keine Zeitreisen mehr“, witzelte er.

Sie lachten. Ein freies, ehrliches, unbeschwertes Lachen, das bis auf die andere Straßenseite zu hören war. Alle in diesem Raum fühlten sich erleichtert und glücklich, dass die Gefahr erst einmal abgewendet war.

Hätte allerdings auch nur einer von ihnen zu diesem Zeitpunkt die kleine Ameise gesehen, die aus Sahlis Schuh herausgekrabbelt kam und sich erschöpft über den Boden rettete, wäre ihnen gewiss ein Verdacht gekommen und das Gefühl der Sicherheit wäre so plötzlich verschwunden wie Chardas Geiergestalt auf dem heißen Sandboden an der Oase.

Stefan Gemmel

Stefan Gemmel, geboren 1970 in Morbach, schreibt erfolgreiche Kinder- und Jugendbücher (übersetzt in 18 Sprachen) und leitet auch Literaturprojekte und Schreibwerkstätten für Kinder. Für seine ungewöhnlichen Lesungen, Lesenächte und Workshops, die er in Schulen und Büchereien durchführt, erhielt er zahlreiche Auszeichnungen, darunter „Lesekünstler des Jahres 2011". Im Carlsen Verlag sind unter anderem auch sein Bilderbuch „Wie man Gespenster verjagt" und sein Erstlese-Abenteuer „Bim, die Zauselmaus" erschienen.

Katharina Madesta

Gemalt, gezeichnet und gebastelt hat Katharina Madesta schon immer gern und wusste bereits früh, dass sie für ihren Lebensunterhalt malen würde. Das Design-Grundstudium absolvierte sie dann an der FH in Münster. Danach arbeitete sie ein Jahr als Character-Designerin bei einem Hamburger Trickfilmstudio. Ihr Diplom hat sie an der Hochschule für Angewandte Wissenschaften in Hamburg im Fachbereich Illustration gemacht. Seit ein paar Jahren lebt sie in Berlin. Sie hat einen riesigen Schreibtisch und eine große Sammlung an Farben, Pinseln und Papier. Mittlerweile arbeitet sie viel für Buchverlage, Magazine und in der Werbung.

www.zauberkugel.de

Wir produzieren nachhaltig

- Klimaneutrales Produkt
- Papiere aus nachhaltigen und kontrollierten Quellen
- Hergestellt in Deutschland

FSC www.fsc.org MIX Papier | Fördert gute Waldnutzung FSC® C014496

Völckersstraße 14–20, 22765 Hamburg
Umschlag- und Innenillustrationen: Katharina Madesta
Umschlagtypografie: Gunta Lauck
Lithografie: Margit Dittes Media, Hamburg / ReproTechnik Ronald Fromme, Hamburg
Lektorat: Maya Geis
Satz: Pinkuin Satz und Datentechnik, Berlin
ISBN: 978-3-551-65119-8